나도
낙타가
있다

나도
낙타가
있다

문정옥 장편 소설

다림

우리들의 낙타를 위하여

잘 알고 지내던 사람이 이런저런 이야기 끝에 조심스럽게 말을 꺼냈다. 하나뿐인 제 아이와 전쟁 중이라고. 잘 따라오던 아이가 자꾸 엇나간다고. 그 집안 분위기를 알기에 아이가 안쓰러웠다.

어느 날 터번을 두른 사람이 낙타와 함께 걷고 있는 영상을 보았다. 주변은 온통 모래뿐인 공간이다. 가도 가도 같은 모습. 모래바람이 불고 햇볕은 따갑기 이를 데 없을 것이다. 그런데도 낙타 옆에 서 있는 그 사람의 표정은 의연했다. 낙타에 대한 무한한 신뢰와 그곳을 벗어날 수 있다는 희망이 준 당당함이다. 낙타도, 함께 걷는 사람도 특별해 보였다. 오아시스를 향해 함께 가는 모습이 아름답기까지 했다.

사막처럼 황량한 환경에서 홀로 자신과 싸우고 있을 청소년들이 생각났다. 혹시나 길을 잃었어도 외로움과 두려움에 발걸음을 떼지 못해도, 그들에게 고삐를 내어 줄 든든한 낙타가 있다면 낯선 세상에 기죽지 않고 그들이 가진 꿈 그대로 당당할 수 있을 텐데.

누군가 곤경에 빠졌을 때 사람들은 시간이 해결해 줄 거라는 말을 쉽게 하곤 한다. 나이가 든 어른으로서 내 삶을 되돌아보면 분명히 맞는 말이긴 하지만, 당장 눈앞이 사막이고 절벽일 청소년들에게는 무책임한 말로 들릴 게 틀림없다.

그럴 때 그들의 가슴속에 잠자고 있는 낙타의 존재를 일깨워 줄 방법이 있을까? 어떤 사막도 함께 갈 수 있는 낙타가 내 신호만 기다리고 있다는 것을. 이 소설의 주인공처럼 어린 후배들이 용기와 희망이라는 이름의 낙타가 어디선가 나를 향해 걸어오고 있다는 걸 눈치챘으면 좋겠다. 그 고삐를 잡고 언제 어디서고 당당해지기 바란다. 덧붙여 동물원의 어느 늙은 낙타 눈에 어린 슬픔도 함께 위로한다.

장마가 지난 무더운 날

문정옥

"낙타가 어디선가 내게 달려와
고삐를 내줄지도 모르지.
그걸 잡고 오아시스로 가고 싶다."

차례

낙타 인형

앞만 보고 달려야 하는 말처럼
내 양쪽 눈은 옆을 볼 수 없게 가려져 있다.

탁 뚜르르…….

선반 위에 있던 낙타 인형이 내 손등에 걸려 바닥으로 떨어졌다. 낙타 인형과 그 등에 있던 짐들이 사방으로 내동댕이쳐졌다. 창문을 열려다 말고 흩어진 것들을 주워 모았다.

유치원 때였다. 아빠가 출장길에 낙타 인형을 사다 주었다. 낙타 등엔 알록달록한 물건들이 실려 있었다. 내가 그림책에서 보았던 낙타는 등이 산처럼 불쑥 솟은 특별한 동물이었다.

"낙타는 사막에서 짐을 나르는 동물이야."

아빠의 말에 나는 낙타 등에 무엇이고 실었다. 머리핀이며 과자, 낙타보다 더 큰 바비 인형까지 올릴 수 있는 건 모두 올려 보았다. 이미 짊어지고 있는 짐 말고도 그 등에는 가능한 한 많은 짐이 있어야 어울렸다.

낙타 인형은 손때로 반질반질 윤이 났다. 하지만 학교에 입학한 뒤 낙타 인형은 차츰 내 손에서 멀어졌다. 침대 머리맡에서 책상 위로, 책상 위에서 피아노 위로, 다시 창문 옆 선반 위로. 그러고는 내 마음에서 아주 사라졌다. 나는 더 이상 낙타 인형이나 가지고 놀 꼬마 소녀가 아니었다. 내 앞에는 배울 것과 해야 할 것들이 넘쳐났다.

낙타와 한 몸이었던 짐들을 쓰레기통에 쳐 넣었다.

"이제 너한테 이런 짐 따위는 필요 없어."

낙타를 책상 위에 올려놓았다. 짐이 없는 낙타의 맨등이 낯설었다. 낙타가 나를 보고 웃는 듯 우는 듯한 표정을 지었다. 지금껏 내 방 한구석에서 등짐을 지고 나를 지켜볼 때는 어떤 표정이었을까?

갑자기 내 등과 어깨가 불편했다. 허리를 곧게 펴고 목을 돌려 보았다. 등이며 목, 가슴, 어깨, 머리 위까지 보이지 않는 짐이 짓누르고 있었다. 내가 피할 수 없는 이 짐을 싣고 어디로 가고 있는지 모르겠다.

낙타 인형이 물끄러미 나를 바라보았다. 내게 무어라 말을 하려는 것 같았다.

엄마가 방문을 열고 들어왔다.

책상 앞에서 꼼짝하지 않자 엄마가 눈살을 찌푸렸다.

"왜 그래?"

대꾸하지 않았다.

"힘들어? 이 정도 가지고 뭘. 너는 남들과는 다르잖아."

엄마 목소리는 따뜻하지 않았다. 그렇다고 화를 내는 것도 아니었다. 냉정하지만 엄마가 할 수 있는 한 가장 교양 있는 목소리였다.

나를 특별하게 대하려고 애를 쓰는 모습이 역력했다.

'뭐가 다른데요?'

목구멍까지 치밀어 오른 말을 삼키느라 입술을 잘근잘근 물었다. 그런데 나도 모르게 인상을 썼나 보다.

"쯧쯧, 얘가 정말 이상한 버릇까지 들고!"

엄마는 못마땅한 얼굴로 혀를 찼다.

숨이 막혔지만 엄마 앞에서 나를 표시하는 건 여기까지다. 엄마는 언제나 내 앞에 서 있었고, 나는 엄마가 가리키는 곳으로 가야 했다. 그것이 내가 선택해야 할 답이었다.

오늘도 바이올린 레슨을 마치고 돌아오니 수학 선생님이 기다리고 있었다. 그 수업이 끝나기도 전에 원어민 선생님이 방문 앞에 서 있는 게 보였다.

나보다 엄마와 더 가까운 선생님들! 엄마가 짜 놓은 계획에 맞춰 선생님들은 빈틈없이 맡은 일을 다했다. 엄마가 원하는 결과가 나오지 않으면 엄마는 무조건 선생님들의 잘못이라고 여겼다. 선생님들은 자주 떠났고, 더 능력 있다는 새로운 선생님들이 나를 기다렸다.

과외가 없는 날이면 엄마는 대부분 나를 데리러 학교에 왔다. 다른 친구들과 어울릴 틈은 없었다. 아니, 그런 여유가 생겨도 어울릴 수 없었다.

앞만 보고 달려야 하는 말처럼 내 양쪽 눈은 옆을 볼 수 없게 가려져 있다. 오로지 엄마가 가리키는 방향으로 집중하는 것이 나의 의무이고 책임이다.

"교양은 그냥 얻어지는 게 아니야."

엄마는 늘 이렇게 말했다. 나를 위해 시간과 돈을 아낌없이 투자하는 걸 알아 달라는 뜻인가? 엄마는 미술관이며 음악회까지 나를 이끄느라 바빴고, 나는 끌려다니기 힘들었다.

반 친구들 역시 나를 특별한 아이로 대한다.

– 말 없는 공주, 공주 인형

아이들이 나를 부르는 말이다. 맘에 들지는 않지만 이런 걸로 속상하지도 않다. 그게 나니까.

엄마가 나가고 낙타 인형을 창문 옆에 있는 선반으로 다시 올

려 주었다. 이제껏 말없이 나를 지켜보던 자리였다. 낙타 인형의
볼록한 등을 만져 보았다.

내 등과 어깨에 매달린 보이지 않는 짐들이 버거웠다.

"나도 너처럼 내동댕이쳐지고 싶어!"

그림자 울타리

하루하루 주문을 외웠다.
"어서 지나가라! 다 사라져 버려라!"

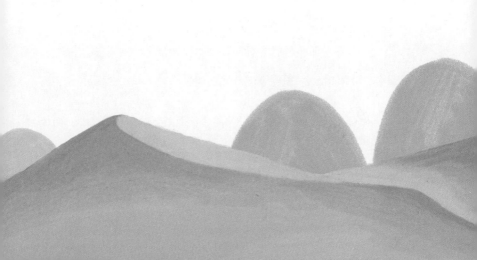

오늘도 쉬는 시간에 마노가 길을 막았다. 선생님과 아이들의 입에 자주 오르내려 저절로 이름을 알게 된 마노. 마노 옆으로 세 명의 남자아이들이 내게 울타리 치듯 섰다. 피하려 했지만 그들은 빙글거리며 계속 길을 막았다.

　"우리 공주님, 자리까지 모셔다드리려고 그러지."

　마노가 어깨를 으쓱했다. 내가 어찌 나올지 계산하며 그 시간을 즐기고 있는 중이었다. 그 꼴이 너무 눈에 거슬려 나도 모르게 얼굴을 돌려 버렸다.

　마노는 약빠른 아이다. 내 앞에서 신경 거슬리게 알짱거리긴 해도 내게 직접 해를 입히지는 않는다. 내게 함부로 하면 좋을 게 없다는 걸 누군가에게 들었기 때문일 거다.

　종이 울리자 마노는 픽픽 웃으며 사라졌다.

　사실 별일도 아니다. 마노는 반 아이들을 늘 괴롭히고 있었고 나도 그중 하나라는 생각을 했다. 그런 마노를 부모님께 일러바치기는 싫었다. 엄마가 알면 분명히 가만히 있지 않을 게 뻔하다. 중학생이 되어서까지 쓸데없이 큰일이 벌어지는 건 싫다. 마노가 길을 막는 일이 전보다 잦아졌다는 게 언짢을 뿐이다.

봄이다. 사람들은 사방에서 들려오는 벚꽃 소식에 생전 처음 맞는 봄인 듯 들떠 있다. 그러나 내겐 그저 그런 봄날이다. 즐겁지도 슬프지도 않은 그럭저럭 참을 만한 하루하루다.

마노가 또 앞을 가로막았다. 나는 아무런 반응도 하지 않았다. 일부러 허둥대며 피하고 싶지도 않았다. 눌러도 배터리가 소진되어 소리 낼 수 없는 인형처럼, 무기력과 무표정으로 그들을 마주했다. 이건 내가 마노를 대하는 공식이다.

"너, 사람 맞아? 아님 정말 인형이야?"

계속 귀찮게 했지만 상대할 가치도 없다고 되뇌었다.

"로봇일지도 몰라."

마노를 따라다니는 남자애 중 하나가 말했다.

갑자기 마노가 로봇 춤을 추며 내 앞으로 다가왔다. 뒤따르던 남자애도 마노를 흉내 내며 뻣뻣하게 걸어왔다.

나는 마노를 똑바로 쳐다보았다. 아니 노려보았다. 예상치 못한 내 반응에 마노는 보란 듯이 더 몸을 흔들었다. 징그러웠다. 갑자기 온몸에 소름이 돋더니 숨을 쉴 수가 없었다. 머리에 있던 피가 심장으로, 허리로, 다리로, 그리고 발바닥으로 내려와 몸 밖으로 빠져나가는 것 같았다. 내 몸이 땅속으로 끌려 들어갔다. 반 아이들의 비명이 아득히 들렸다.

어렴풋이 나직한 말소리가 들렸다.

"좀 더 쉬게 한 뒤 교실로 보낼게요. 수리가 스트레스가 많은가 봐요."

담임 선생님 목소리였다.

"얘가 스트레스받을 일이 뭐가 있겠어요. 한참 클 때니 보약이라도 먹여야겠네요."

선생님은 엄마에게 마노에 대한 이야기는 하지 않은 것 같았다. 엄마를 보면 알 수 있다. 일부러 엄마 화를 돋울 필요는 없다는 판단이었겠지.

아무 말도 못 들은 척 계속 눈을 감고 있었다.

'나는 누구지? 엄마 딸? 선생님 제자?'

이런 질문조차 내겐 사치다.

좁은 보건실 안이 텅 빈 학교 운동장보다 넓은 느낌이었다. 오슬오슬 몸이 떨렸다.

며칠이 지났다.

마노가 슬금슬금 다시 따라다녔다. 일부러 마노를 피하려고 하지는 않았다. 나는 정말 로봇처럼, 아니 그 애들을 로봇처럼 생각하기로 했다. 그래도 신경이 거슬리기는 마찬가지다.

책상 위에 얼굴을 대고 엎드려 있는데 누군가 내 책상을 톡톡 쳤다. 진아였다. 같은 반 여학생 패거리 우두머리이자 자기가 마노 여자 친구라고 떠들고 다니는 아이다. 진아 뒤에는 늘 서너 명이 낄낄대며 따라다녔다.

진아는 언제나 턱을 치켜들고 눈은 살짝 내리깔고 다닌다. 늘 화장을 했고 향수 냄새까지 났다. 이제 중학생인데 마치 어른처럼 행동했다.

"공주님이 많이 피곤하신가 봐."

진아가 비아냥거렸다.

고개를 돌려 버렸다. 진아가 다시 책상을 톡톡 쳤다.

내가 가만히 있자 귀에 대고 속삭였다.

"마노한테서 널 구해 줄까?"

이건 거래였다. 대가를 요구할 게 뻔했다.

나는 꼼짝하지 않았다.

"그러지 말고 내 말 듣는 게 좋을걸. 마노 쟤는 진드기고 거머리야. 저런 자식들은 떼어 내도 또 달라붙는단 말이야. 난 네가 말라 죽는 걸 보고 싶지 않아서 그래."

진아는 끈질겼다.

"특별히 네가 할 일은 없어. 넌 공주잖아. 우리와 힘을 합치면 누구도 널 건드릴 수 없다는 거지."

진아의 은근하고 끈질긴 설득에 나도 모르게 고개를 끄덕거렸다. 말을 들어주면 더 이상 내게 치근대지 않겠지.

"좋아, 넌 이제 우리 편이야!"

진아가 내 어깨를 탁 쳤다.

"아얏!"

진아 손이 너무 매웠다.

"미안, 이렇게 약하니까 곱게 대접해 드려야 한다니까. 그럼 이제 우리만 믿어."

진아가 눈을 찡끗하더니 사라졌다.

그날 이후, 놀랍게도 마노는 내 곁에 얼씬도 하지 않았다. 그 대신 진아와 그 패거리들이 말없이 내 주변을 맴돌았다. 마노쯤은 진아에게 별거 아닌 듯했다. 내가 괜한 짓을 했다는 생각이 들 때쯤, 역시나 진아는 마노보다 확실하게 나를 옭아맸다. 내 학용품을 자기 것과 바꿔 달라고 하거나, 매점 갈 돈을 빌려 달라고 해도 거부할 수 없었다. 진아의 제안은 명령이었다. 거부할 수 없었다.

나는 무기력한 인형처럼 나한테 일어난 일을 꿈인 양 그대로 받아들이기로 했다.

'이건 아무 일도 아니야. 그냥 상상 속 일일 뿐이야. 난 아무것도 아니잖아.'

나를 인정하지 않으면 그냥저냥 지낼 만했다.

하루하루 주문을 외웠다.

"어서 지나가라! 다 사라져 버려라!"

무엇을 하기 위해 시간이 지나가기를 바라는 건지 나도 알 수는 없었다. 이 시간만 지나면 누군가가 무턱대고 내 손을 잡아 줄 것 같았다.

'시간이 흘러도 똑같으면 어떡하지?'

갑자기 몸서리가 쳐졌다.

엄마가 내 앞에 나타나 어디로 어떻게 가라며 지시할 것 같았다.

아직도 봄이다.

엄마 아빠, 마노와 진아 패거리들이 진을 치고 있는 지루한 날들이다.

진아 패거리는 나를 공주처럼 대했다. 적어도 겉보기엔. 내가 원하는 것과 상관없이 진아가 패거리들에게 그렇게 하라고 시켰다. 쉬는 시간마다 내 자리로 왔고, 이동할 땐 나를 데려가려고 했다. 내가 반 아이들과 어울려 지내지 않는다는 걸 알기에 마음 놓고 나와 친한 척을 했다.

진아가 요구하는 돈의 액수가 점점 커졌다. 누구에게도, 특히 엄마에게는 말할 수 없었다. 그래서 엄마 아빠의 지갑에 손을 대기 시작했다.

벌써 세 번째다. 돈을 훔치는 일엔 처음부터 죄책감이 없었다. 어쩌면 이런 상황을 만든 건 엄마 아빠다. 엄마가 나 대신 다른 사람을 탓하는 이유를 알 것 같다. 피해자인 척하는 게 제일 편했다.

안방에 들어가기 전에 끊임없이 암시를 걸었다.

'이건 모두 엄마 아빠 때문에 벌어진 일이니까 괜찮아.'

엄마 아빠에게 모든 잘못을 미루고 나면 엄마 지갑에서 돈을 꺼내도 아무렇지 않게 방을 나올 수 있었다.

진아에게 돈을 주고 나면 진아 패거리는 오히려 나에게 더 친절히 대했다. 반 아이들은 우리 관계를 절대로 눈치챌 수 없다. 어차피 도망칠 곳도 없으니 상관없지만.

그런데 오늘은 엄마 지갑에 현금이 없었다. 실망한 채 지갑을 도로 넣었다.

진아가 나에게 명령을 내리고도 원하는 것을 받아 내지 못한 것은 처음이었다. 패거리 중 하나가 쪽지를 건네며 내 눈을 뚫어

져라 보았다. 무언의 압력이었다. 나는 쪽지를 보지도 않고 손에 움켜쥐었다. 그 애는 격려하듯 내 등을 가볍게 치고 떠났다.

벗어날 길은 없었다. 나를 지켜 줄 사람도 보이지 않았다.

'나를 좀 내버려 둬. 다 사라져 버려!'

내가 가진 걸 모두 주고라도 난 오롯이 혼자가 되고 싶었지만 꿈일 뿐이다. 집, 학교, 진아 패거리들, 그리고 내가 짊어져야 하는 짐.

여전히 봄이다. 목표도 없는 걸음과 협박으로 가득한 하루하루다. 창밖을 바라보다 엎드린 채 눈을 감았다. 수수꽃다리 향기가 코끝에서 머뭇거렸다. 숨을 들이켰다. 향기가 가슴으로 들어왔다.

'꽃향기다!'

늦은 봄이 되어서야 오롯이 느낀 봄 향기였다.

느닷없이 눈물이 흘렀다. 왠지 기분이 좋았다. 눈을 뜨면 향기가 사라져 버릴 것 같아 꼼짝도 할 수 없었다. 몸속 깊이 향기를 모아 두고 싶어 숨을 들이쉬었다. 꽃향기가 머릿속까지 밀려들었다.

갑자기 심장이 두방망이질 쳤다. 멈출 것 같지 않았다. 지갑에서 돈을 빼내는 내 모습이 해일처럼 나를 덮쳤다. 화들짝 눈을 떴다.

아무리 엄마 아빠에게 죄를 떠넘기려 애썼지만 가당찮은 억지였다. 눈을 감아도, 눈을 떠도 그 모습이 사라지지 않았다. 몸에 힘이 쭉 빠졌다.

수수꽃다리 가지가 창틀에서 흔들거렸다.

엄마와 아빠, 마노, 진아 패거리들이 스멀스멀 내게 다가오는 것 같았다. 나는 그림자를 벗어나려 몸부림쳤다.

멈칫하던 꽃나무 가지가 다시 일렁거렸다. 책상 모서리를 움켜쥐었다.

'엄마 아빠는 나에 대해 아는 게 있을까? 나는 도대체 뭐지?'

책상 위에 얼굴을 파묻었다.

꽃향기는 더 이상 나지 않았다.

떠도는 낙타

아무래도 난 나를 찾는 일이 먼저 같아.
그러고 나면 어떤 일을 하고 싶은지도 알게 되겠지.

우리 반에 전학생이 왔다. 새나!

호주에서 살다 왔다는 새나는 밝은 성격이라 아이들과 금세 친해졌다. 새나는 싱그러운 바람처럼 사람들 얼굴에 웃음을 돌게 했다.

진아 패거리들은 새나가 주목을 받자 신경이 쓰이는 모양이었다. 새나를 자기네 패거리로 끌어들이거나 짓밟거나 둘 중에 하나를 택하겠지.

진아 패거리들이 새나에게 다가가기는 쉽지 않았다. 누구에게나 상냥하고 열린 듯 보이는 새나였지만 진아 패거리는 마음에 들지 않는 눈치였다. 새나는 만만치 않았다.

점심시간이 끝날 때쯤이었다.

"쟤가 우리 반 분위기를 다 망치고 있어."

점심시간 내내 내 머리핀을 툭툭 건드리던 패거리 중 하나가 새나를 가리키며 투덜댔다.

나는 여전히 입을 다물고 있었다.

"그런데, 이거 나한테 더 잘 어울릴 것 같지 않아?"

진아 패거리가 이제껏 대놓고 이런 행동을 한 적은 없었다. 내가 내내 반응을 보이지 않아서인지 오늘따라 계속 나를 귀찮게 했다. 어쩌면 새나의 관심을 끌어 보려는 것인지도 모른다.

소름이 끼쳤다. 좀 떨어진 자리에서 진아가 나를 보고 씩 웃었다.

나는 머리핀을 뽑아 내 옆에 있는 진아 패거리 중 하나에게 주었다. 앞머리가 풀려 눈을 가렸다. 손으로 쓸어 올리는데 새나랑 눈이 마주쳤다.

패거리들은 머리핀을 서로 머리에 꽂아 보며 킥킥댔다.

"이런 건 진아한테 잘 어울리겠다."

패거리 중 하나가 머리핀을 들고 진아에게 갔다.

갑자기 새나가 자리에서 벌떡 일어났다.

"너희들 뭐 하는 거야? 그건 나쁜 짓이잖아."

새나는 진아 패거리 앞에 떡 버티고 섰다.

"나쁜 짓? 수리가 자기는 필요 없다고 준 거야. 못 봤어?"

패거리 중 하나가 나를 가리키며 거들먹댔다.

"나도 봤어. 수리가 준 게 아니고 네가 뺏은 거잖아."

새나가 따졌다.

진아 패거리가 새나를 빙 둘러쌌다. 그들은 가소롭다는 듯 픽 픽 웃었다.

"웬 참견인데? 우리가 수리랑 친한 거 몰라?"

패거리 중 하나가 발끈해서 말했다.

"맞아. 감히 우리를 건드리다니, 전학 온 주제에 대단해."

또 다른 아이가 새나를 툭 건드렸다.

"야, 그냥 둬!"

진아가 패거리에게 소리 질렀다.

"너, 이거 갖고 싶어서 그래? 그럼 우리한테 고분고분하게 굴어야지."

진아가 새나 앞에 머리핀을 흔들며 약을 올렸다.

"말도 안 되는 소리 하지 마. 너희한테 원하는 건 아무것도 없으니까 괴롭힐 생각도 하지 말라고!"

새나가 진아를 향해 쏘아댔다.

누군가 내 목덜미를 차가운 손으로 확 잡아채는 느낌이 들었다. 정신이 바짝 났다.

'내가 하고 싶은 말이었어! 나도 그러고 싶어.'

악다문 입술이 떨렸다. 멈추려고 애를 써도 멈춰지지 않았다.

'그런데 난 저런 말을 할 수 없어. 난 아무것도 아니니까.'

눈물이 나올 것 같아 이를 더 악물었다.

그때, 패거리 중 하나가 새나를 밀쳤다. 새나는 그 아이를 더 세게 밀쳐 버렸다. 뒤로 넘어진 아이는 벌떡 일어나 새나의 머리채를 잡았다. 주변에 앉아 있던 아이들이 놀라 소리치며 자리에서 일어났다. 패거리들이 함께 새나에게 달려들었다.

지켜보던 반 아이들 중 누구 하나 싸움을 말리지 않았다. 하긴 진아 패거리가 벌인 싸움에 누가 엮이고 싶을까.

갑자기 교실 앞문이 거칠게 열렸다.

"뭐야, 너희들! 폭력은 안 된다고 했지!"

선생님이 날카로운 목소리로 나무랐다. 나를 포함해 새나와 진아 패거리들이 모두 교무실로 불려 갔다.

얼마 지나지 않아 새나와 나는 교실로 돌아왔다.

"괜찮아? 어떻게 됐어?"

아이들은 우리 입에서 무슨 말이 나올까 궁금한 얼굴이었다.

나는 아이들에게 눈길을 주지 않고 자리에 앉았다. 새나를 보았다. 새나는 화를 삭이지 못해 얼굴이 발갛게 달아올라 있었다.

"우린 괜찮아. 벌로 일주일 동안 화장실 청소하래."

입을 꼭 다물고 있던 새나가 어깨를 으쓱하며 아이들에게 말했다.

"다행이다. 쟤네들 벌써 몇 번째인지 몰라. 분명히 부모님들 오
라고 할 거야."

아이들이 새나를 위로했다.

짧은 종례가 끝났다.

"새나하고 수리는 약속대로 일주일 동안 화장실 청소하고 가."

선생님이 내 이름을 부를 때 새나가 나를 힐끗 돌아보았다.

나는 가방을 책상 위에 두고 화장실로 갔다. 수도에 연결된 호
스를 들고 화장실 안에 물을 뿌렸다.

"잠깐 멈춰 봐. 내가 솔질하고 나면 다시 뿌려."

새나가 호스를 건드리며 말했다. 나는 말없이 새나가 하자는
대로 했다. 나 때문에 청소를 하게 되었지만 새나는 그 일에 대해
서는 말하지 않았다.

청소가 끝나고 학교 옆 주차장으로 바삐 걸었다. 엄마랑 국제
콩쿠르에서 수상한 피아니스트의 연주회에 가기로 했었다. 엄마
차가 보였다.

"한참 기다렸잖아. 왜 이렇게 늦은 거야?"

엄마가 시계를 보며 짜증스럽게 물었다.

"청소."

나는 짧게 대답하고 차에 올랐다.

엄마는 웬 청소냐며 물었지만 나는 대답하지 않았다. 시간이 촉박한지 엄마도 더 묻지 않고 주차장을 빠져나갔다.

엄마가 데려가는 곳이 어디든 내겐 중요하지 않았다. 엄마와 함께 어딜 가는 것 역시 어려운 일도 아니다. 엄마가 계획한 대로 맞춰 주면 그뿐이었다. 나에게는 무의미한 시간이다. 나와 함께한 날들이 엄마에게는 소중한 시간이었을까?

다음 날도 새나가 먼저 말을 걸었다. 말하고 싶은 기분이 아니라 무시했더니 새나는 어깨만 으쓱하고 말았다.

청소가 끝나고 학교를 나오는데 새나가 불렀다.

"수리야, 같이 가자."

새나가 활짝 웃는 얼굴로 뛰어왔다.

"우리 집도 이쪽이야."

한참을 말없이 가던 새나가 다시 말을 걸었다.

"미안, 너만 보면 자꾸 말을 걸고 싶어지거든. 너랑 친해지고 싶은가 봐."

종알대던 새나가 웃었지만 나는 귀찮아서 고개를 돌렸다.

반 아이들은 누구라도 나와 친해지고 싶어 했다. 나한텐 아무 의미도 없는 운동화나 가방, 엄마의 자동차 브랜드 같은 걸로 날

판단하는 거다. 난 내게 다가오는 모든 것이 불편했다. 친구도 그 중 하나다. 인형인 나를 이해할 사람은 아무도 없다.

새나는 눈치도 없이 또 이것저것 물었다. 하지만 여전히 말하고 싶지 않았다.

"미안하지만 난 친구 필요 없어."

진심이었다.

"그렇게라도 대답해 줘서 고마워!"

까칠한 내 대답에도 새나는 뭐가 웃긴지 소리 내 웃으며 말했다. 기가 막혀서 나도 모르게 픽 웃음이 났다.

"호주에 있다 한국에 오니까 정말 좋아."

내가 웃자 새나는 신이 나서 이야기를 계속했다.

"너 사회 시간에 모르는 게 없더라."

새나의 수다가 옮은 걸까? 나도 한마디 보탰다.

"그건 내가 아는 것만 물어봐서 그런 거야. 근데 내가 사회를 좀 좋아하긴 해."

새나가 오랜 친구처럼 너스레를 떨며 말을 이었다.

"어쩌면 우리 엄마 아빠 영향을 받아서 그럴지도 몰라. 두 분 다 환경 운동가이거든. 엄마 아빤 나만 괜찮다면 나중에 함께 일을 해도 좋겠대. 나도 엄마 아빠 직업이 마음에 들지만 아직 결정한 건 아니야. 난 하고 싶은 게 정말 많거든."

새나는 저 혼자 종알종알 이야기를 늘어놓았다.

낯설고 어색했지만 새나가 말하는 게 싫지는 않았다.

다음 날, 벌 청소를 하는데 새나는 뭐가 그리 재미있는지 새처럼 조잘댔다.

"깨끗해지니까 정말 좋다. 수리야, 오늘도 끝나고 같이 가야 해."

새나가 새끼손가락을 구부려 공중에 대고 흔들었다. 내가 고개를 끄덕이자 새나는 실눈을 하며 웃었다.

"사회 숙제 어떻게 할 거야? 습지와 사막 비교하는 거 말이야."

학교를 나오며 새나가 물었다.

"그냥 하면 되지 뭐."

"나랑 같이 할래? 이래 봬도 내가 사막에 대해서는 좀 알거든."

"사막에 가 봤어?"

새나는 말을 끌어내는 재주가 있었다. 내 안에 숨어 있는 호기심을 잘도 흔들어 댔다.

"당연하지. 호주의 반은 사막이거든. 우리 엄마 아빠가 버려진 야생 낙타를 조사하러 갈 때도 몇 번 따라갔었어."

"그렇구나. 사막은 모래뿐이라 듣기만 해도 숨 막혀."

"사막이 다 모래는 아니야. 거친 돌밭이나 자갈로 된 지역도 있고, 풀이나 나무들이 자라기도 하거든. 당연히 물이 있는 곳도 있고.”

“사막에도 희망은 있네.”

내가 가볍게 한숨을 내쉬는 걸 보고 새나가 깔깔댔다.

“우아, 너 어떻게 그런 생각을 다 했어? 우리 엄마도 힘들 땐 사막을 생각하랬는데. 그러면 거기서 살아가는 생명체들이 떠오르고, 그리고 나면 분명히 용기를 얻을 거래.”

새나가 초롱초롱한 눈으로 나를 보았다.

“아까 낙타가 버려졌다는 게 무슨 말이야?”

정말 궁금했다.

“옛날에 교통수단으로 쓰려고 사우디아라비아에서 낙타를 데리고 왔는데 자동차가 다니고부터는 낙타가 필요 없어졌어. 그래서 쓸모없게 된 낙타를 풀어놓았더니 야생 낙타가 되었대.”

새나가 안타까운 얼굴로 말했다.

“그래도 자유롭긴 하잖아. 자기들 가고 싶은 대로 가고.”

“그렇긴 하네.”

내 말에 새나도 웃었다.

“중요한 건, 걔들이 번식을 너무 많이 해서 호주도 고민이 생긴 거지. 이 낙타들을 어떻게 해야 하나 하고 말이야.”

“넌 벌써 환경 운동가 같다.”

“그래? 아무래도 진짜 환경 운동가가 되어야 하나? 특히 야생 동물 애호가가 좋을 거 같아. 동물도 동물답게 살아갈 권리가 있으니까 그걸 도와주는 거야. 멋지지 않아? 수리야, 넌 어떤 일을 하고 싶어?"

"나? 나는 아직……."

할 말이 없다.

나는 내가 하고 싶은 것이 무엇인지 모른다. 아니, 엄마가 하라고 할 일이 무엇인지 아직 모른다고 해야 하나? 내가 하고 싶은 일은 아니어도 당장 집에 가면 해야 할 것들로 넘쳤다. 평생 내가 하고 싶은 일은 있을 수도 꿈꿀 수도 없을 거다.

"아무래도 난 나를 찾는 일이 먼저 같아. 그러고 나면 어떤 일을 하고 싶은지도 알게 되겠지."

대답을 기다리는 새나의 시선이 느껴져 얼른 대답한 말인데도 오랫동안 참아 온 말처럼 한 번에 쏟아졌다. 나는 스스로 따끔한 침을 놓듯 입술을 꼭 물었다.

"너, 꼭 철학자 같다."

새나가 엄지손가락을 치켜들자 슬그머니 웃음이 났다.

"벌써 헤어져야 하네. 수리야, 잘 가."

새나가 건널목 앞에서 내게 손을 흔들었다.

늘 답답하던 가슴 한쪽으로 기분 좋은 공기가 밀려드는 느낌이었다.

어느새 집이다. 남들이 보기엔 좋은 집 대문이겠지만 내게는 가식과 억지의 공간으로 들어가는 입구다. 나도 모르게 한숨이 새어 나왔다.

자신감에 찬 새나가 부러웠다. 새나처럼 생각한 대로 무엇이든 말하고 싶었다. 그러나 나는 아직 인형이다.

새나가 말했던 버려진 야생 낙타를 생각했다. 막막함과 외로움에 잔뜩 겁먹었을 낙타들이 떠올랐다.

'버려지기 전엔 어떻게 살았을까?'

'그런데 어떻게 살아남은 거지?'

'지금은 어떻게 살고 있을까?'

야생 낙타들이 불쌍했지만, 사실 그건 나와 전혀 관계없는 일이었다. 먼 나라 일까지 생각하고 싶지 않았다. 그런데도 그 낙타들이 내 머릿속을 떠나지 않았다.

요즘 나는 머리가 아플 정도로 한 가지 생각에 빠지게 된다. 이번에는 낙타가 내 안에 들어와 나를 헤저었다.

방에 들어오자 선반 위에 서 있는 낙타 인형이 보였다. 뾰로통화가 난 것 같기도 하고 쓸쓸해 보이기도 했다. 자기 짐을 내가 멋대로 버렸기 때문인지도 모른다.

낙타 인형에게 다가가 봉긋한 등을 쓸어 주었다.

"무거운 짐을 버린 건 잘한 거야. 우리 엄마는 나한테 무거운 짐

만 잔뜩 실어 놓고 무조건 따라오래. 어디로 어떻게 가야 할지 막
막해."

낙타는 내 말을 듣는지 마는지 한곳만 멀뚱히 바라보았다. 나
처럼 갈 곳을 몰라 헤매고 있는 것 같았다.

벌 청소로 정해진 일주일이 지났다.

엄마는 선생님에게 연락은 했지만 내가 청소하는 일에 대해 특
별히 항의하지 않았다. 아무래도 담임 선생님도 별다른 이야기는
하지 않은 것 같다.

선생님과 내가 엄마를 속인 건 아니다. 선생님은 나와 진아 패
거리와의 관계를 모른다. 문제가 일어날 일을 굳이 들춰낼 필요는
없었다.

선생님은 나한테 학기 초에 정한 약속을 지키는 것이라고 했
다. 나로 인해 싸움이 시작되었기 때문에 어쩔 수 없었던 거다.

진아 패거리는 내가 새나와 친해지고 있는 걸 눈치채고, 새나
를 자기편으로 끌어들이려고 작정한 모양이다. 새나에게 상냥하
고 친절한 척 다가갔다.

새나는 그들의 행동을 그대로 받아 주는 것 같았다. 사실은 받
아 주는 것이 아니라 지켜본다는 게 맞는 표현이었다. 새나는 어떤
상황에서도 흔들림이 없었다. 새나는 내가 본 그대로 새나였다.

반면 나는 그러지 못했다. 그들의 친절이 불편했다. 거짓으로 가득한 진아네 패거리를 쳐다보고 싶지도 않았다.

나는 전과 마찬가지로 학교 수업이 끝나면 엄마를 따라 바쁘게 움직였다. 진아 패거리를 피하는 방법으로 그만한 일이 없었다.

하지만 진아의 작전이 계획대로 먹혀들어 가지 않자 이번엔 험담과 협박이 시작되었다. 새나를 헐뜯기 시작한 것이다. 반 아이들한테 새나가 나와 친해지려고 진아 패거리에게 일부러 싸움을 건다고 말하고 다녔다. 새나를 좋아하는 아이들을 다 떼어 낼 작정이었다.

그다음은 내 차례였다.

"너희 엄마가 돈 없어진 거 알아? 그 돈, 새나가 달라고 한 걸로 아시면 어떻게 될까?"

진아 패거리들은 틈만 나면 내가 가져다준 돈과 새나를 엮어 협박했다. 말도 안 되는 억지였다.

새나 주위에 몰려 있던 반 아이들이 슬금슬금 새나가 오기 전의 모습대로 흩어졌다.

가끔씩 새나와 눈이 마주치면 새나는 어깨를 으쓱하며 웃었다. 반 분위기에 전혀 마음 쓰지 말라는 것 같았다. 내 곁에 새나가 있다는 사실이 내겐 큰 위안이었다.

말뚱게처럼

나는 희망도 좌절도 하지 않고
시간에 나를 맡기기로 했다.

더위가 시작되었다.

새나가 내게서 좀처럼 떨어질 기미가 보이지 않자 진아 패거리들은 멀찌감치 떨어져서 지켜보기만 했다. 다른 계획을 꾸미는 게 분명했다. 그들은 눈짓으로 나를 협박했지만 무시했다. 새나에게 부끄러운 모습은 더 이상 보이고 싶지 않았다.

새나가 종이 한 장을 내밀었다.

"수리야, 여기 같이 가자."

종이를 받아 눈으로 읽기 시작했다.

– 생태계의 보고, 습지 생태 탐방

낯선 단어들이었다. 내용을 더 읽지도 않고 새나를 보았다.

"이게 뭔데?"

"끝까지 읽어 봐."

새나가 대단한 내용이라도 있는 듯 재촉했다.

– 재두루미, 저어새, 개리 등 국제적 보호 조류를 포함한 야생
　동식물의 서식지이며 황복, 뱀장어, 참게 등이 사는……
종이에 적힌 안내문을 눈으로 계속 읽어 내려갔다.

"어때?"

새나는 내가 어떤 반응을 보일지 무척 궁금하다는 표정이었다.

"이게 뭐야? 가서 뭐 하는 건데? 내가 가도 되는 곳이야?"

낯선 환경은 아무래도 부담스러웠다.

"당연하지. 우리는 화장실 청소 동지잖아. 말 그대로 습지 탐
방이야. 토요일이니까 같이 가자. 여긴 선착순이니까 미리 신청해
야 해."

"난 못 가."

고개를 저었다. 지키지도 못할 약속을 하고 싶지도 않았다.

"아무 때나 갈 수 있는 그런 곳이 아니란 말이야. 가 보면 정말
놀랄걸."

새나가 졸라 댔다. 나는 안내문을 마저 읽었다.

"준비물도 있네."

"그런 건 걱정 마. 내가 다 가지고 갈게. 우리 집엔 모자랑 쌍안
경이 널려 있어. 넌 물만 가져와. 아니, 물도 필요 없어. 내가 다 가
지고 갈게."

새나는 정말 나와 함께 가고 싶은 눈치였다. 용기가 조금 생겼다.

"정말 그냥 가도 돼?"

내가 조심스럽게 물었다.

"소심하게 '가도 돼'가 뭐야. 같이 가자니까."

새나가 내 팔을 살짝 쳤다.

새나가 자신만만한 태도를 보이자 가슴이 뛰었다. 그러나 암만 생각해도 엄마 아빠에게 허락받을 자신이 없었다.

"아무래도 못 갈 거 같아."

내 입에서 다시 풀 죽은 소리가 나왔다. 새나는 물러서지 않았다.

"부모님한테 내가 대신 말해 줄까? 얼마나 좋은 기회인데. 이런 건 학생들에게 적극 권장하는 프로그램이란 말이야."

"우리 엄만 네가 생각하는 그런 사람이 아니야. 이런 거 싫어해. 말해 봤자 못 가게 할 게 뻔하고."

안내장을 도로 내밀자 새나는 실망한 얼굴로 돌아섰다. 새나가 제자리로 돌아가자 조바심이 났다. 새나 말대로 이런 기회는 앞으로 영영 만나지 못할 것 같았다.

"새나야!"

새나가 나를 돌아보았다.

"나도 갈래."

엄마에게 거짓말을 해서라도 새나와 함께 가고 싶었다. 아니, 거짓말도 필요 없다. 아무 말도 하지 않으면 될 일이다. 내가 알고 있는 세상 말고 또 다른 세상을 보고 싶었다.

바이올린 레슨이 끝나고 집으로 오자, 수학 과외가 기다리고 있었다. 수업 시간을 챙기는 엄마를 보니 새나와 했던 약속은 어림없었다. 나 혼자 들떠 집으로 돌아온 그 시간만 아주 잠깐 행복했다. 집으로 돌아오면 나는 혼자서는 성 밖으로 외출할 수도 없는 힘없는 공주 인형이다.

20분 뒤 수학 수업이 시작된다. 선생님은 어김없이 10분 전에 도착해 방문 앞에서 기다리겠지. 방문을 꼭 닫았다.

탁자 위에 올려놓은 바이올린 가방을 열어 바이올린을 꺼내 들었다. 아무것도 생각하기 싫었다. 숨을 몰아쉬고 활을 그었다. 무엇을 연주하려고 하는 것도, 특별한 곡이 생각난 것도 아니다. 그냥 멋대로 줄에 활을 그어 댔다.

내 복잡한 마음처럼 괴기한 소리가 났다. 갑자기 가슴이 폭발할 것 같았다. 바이올린을 부수어 버리고 싶은 충동을 느꼈다. 큰소리가 나고 팅팅 줄이 끊어지는 소리가 나고 활이 우직 부러지는 소리가 머릿속을 울렸다.

'들었지? 어서 해 봐! 던져 버리라고!'

누군가가 내 귓가에 속삭였다.

그 소리를 듣지 않으려고 활을 잡은 손에 힘을 주어 줄을 긁어 내렸다.

비명처럼 악을 쓰는 소리가 들렸다.

바이올린 울림통 대신 내 안에서 터져 나온 소리였다.

나는 바이올린 대신 깨지고 끊어지고 늘어져 더 이상 아무것
도 할 수 없었다. 온몸에 기운이 빠졌다. 거칠게 몰아치던 심장이
다소곳하게 나를 다독였다. 나도 모르게 천천히 활을 움직였다.

문 앞에서 엄마와 선생님이 그런 내 모습을 멍하니 보고 있었다.

― 똑똑

선생님은 내 눈과 마주치고도 다시 노크를 했다. 엄마는 기가
막힌 듯 고개만 저었다.

"들어가도 되니?"

이번엔 노크 대신 선생님이 조심스럽게 물었다.

나는 바이올린을 케이스에 넣으며 고개를 끄덕였다. 선생님 옆
에 있던 엄마가 선생님을 밀치고 먼저 다가왔다.

"너 왜 그래? 오늘 바이올린 레슨 시간에 무슨 일 있었구나?
선생님한테 전화해 봐야겠다."

엄마가 나를 빤히 보고는 방을 나갔다. 엄마는 내 표정도 읽지
못하면서 마치 내 마음속에라도 들어갔다 나온 것처럼 행동했다.
저 자신감은 어디서 온 걸까?

"괜찮겠니?"

엄마가 나가자 수학 선생님은 걱정스러운 얼굴로 물었다.

"괜찮아요."

방금 전 내 기분쯤은 아무렇지도 않았다. 나는 그런 면에서 잘 단련되어 있었다.

엄마 아빠에게 습지 탐방에 대한 말은 하지 않는 게 좋을 것 같았다.

'될 대로 되라지. 그날이 되면 어떻게든 어떤 일이든 일어날 테니까.'

나는 희망도 좌절도 하지 않고 시간에 나를 맡기기로 했다. 마음이 편해졌다.

드디어 기다리던 날이 왔다. 학교에서 조별 발표 연습이 있다는 핑계를 대고 아침 일찍 집을 나왔다.

나를 본 새나가 팔짝팔짝 뛰었다.

"못 올까 봐 얼마나 조마조마했는지 알아?"

내 손을 꼭 잡고 새나가 종알거렸다.

나는 도망친 새처럼 한껏 들떠 새나를 졸졸 따라갔다. 그곳에는 새나 엄마와 열 명 남짓의 학생들이 모여 있었다.

작은 버스는 자유로를 달리다 장항 습지 쪽으로 들어갔다. 버스에서 내린 뒤 습지를 보호하기 위한 철책을 통과해야 했다. 나는 잔뜩 긴장해 나도 모르게 새나 옷자락을 꼭 잡았다.

"그렇게 긴장할 것 없어. 규칙에 따라 이곳에 사는 동물들에게 피해가 가지 않게 습지를 관찰하면 되니까."

새나의 말에 그제야 마음이 놓였다.

새나와 손을 잡고 걸었다. 눈앞에 푸른 나무들이 끝없이 이어져 있었다.

"수리야, 이 나무가 버드나무야. 여기가 우리나라에서 버드나무가 가장 많이 자라고 있는 지역이래. 그리고 한강 하구 습지 중에서 가장 많은 동식물이 살고 있대."

새나가 나를 안내판 쪽으로 데려갔다.

안내판에는 "후손에게 이곳을 어떻게 물려줄지는 우리 손에 달려 있다."라고 쓰여 있었고, 그 아래 말뚝게, 큰기러기, 고라니, 재두루미 등이 그림과 함께 설명되어 있었다.

우거진 버드나무 밑을 조심스럽게 걸었다. 손톱보다도 작은 구멍들이 수도 없이 뚫려 있었다.

"우아, 저게 뭐야?"

내가 구멍을 가리키며 물었다.

"말뚝게들이 파 놓은 거야."

때마침 말뚝게들이 도망치듯 재빨리 구멍 쪽으로 달리고 있었다.

뽕뽕 뚫린 구멍 옆에서 말똥게 몇 마리가 집게발을 쳐든 채 꼼짝 않고 있었다.

"진짜 귀엽다."

"재밌지? 그런데 쟤들은 제발 가까이 다가오지 말라고 우리를 위협하는 거야. 온몸으로."

"아, 그런 거야?"

새나의 말에 나는 흠칫 뒤로 물러섰다.

"미안, 말똥게야. 아무것도 모르고 웃어서."

나는 곧바로 사과했다.

말똥게가 달리 보였다. 하찮아 보이는 말똥게도 거대한 인간에게 팔을 들어 저항하는데 나는 나를 위협하는 것들과 맞서 본 적이 없었다. 부끄러웠다.

한낮에 땡볕을 쬐며 습지를 걷는 건 힘든 일이었다. 그러나 또 다른 세상을 만나는 즐거움은 한없이 컸다.

집으로 들어가는 길목에 진아가 패거리들과 함께 시시덕거리며 서 있었다. 나는 그들을 외면했다. 진아가 내 팔뚝을 잡았다.

"어디 갔다 와? 공주님 얼굴이 빨갛게 익었네."

나는 진아를 노려보았다.

"너, 무슨 탐방을 갔다며? 그게 뭐야?"

패거리 중 하나가 물었다.

"너희랑 무슨 상관이야."

내가 톡 쏘며 진아가 잡은 손을 뿌리치려 했다.

"우리 아직 같은 편이잖아."

진아는 손아귀에 힘을 주었다. 나는 힘주어 팔을 뺐다. 진아는 그런 나를 보고 콧방귀를 뀌었다.

"야, 어서 들어가 봐. 엄마가 공주님 오시기를 얼마나 기다리겠어. 다음엔 우리랑 놀자."

아이를 달래듯 진아가 내 눈을 똑바로 바라보며 말했다. 즐거운 오늘 하루를 진아 때문에 망치고 싶지 않았다. 진아를 무시하고 집으로 걸어갔다.

엄마는 나를 보자마자 날카롭게 쏘아 댔다.

"오늘 어디 갔던 거야? 내가 담임 선생님한테 전화해 봤는데 학교에 있었던 건 아니라면서?"

나는 저항하지 않고 고개를 끄덕였다. 엄마 얼굴이 확 붉어졌다. 엄마가 나를 붙잡아 세웠다.

"얼굴이 이게 뭐야. 어디를 쏘다니다 이제 온 거냐고!"

엄마는 악에 받친 듯 소리를 질렀다.

"습지 탐방이요. 말하면 못 가게 할 것 같아서 그냥 갔어요."

"너, 그 새나라는 애랑 다녀온 거 맞지?"

"맞아요."

나는 순순히 대답했다.

겁이 나서가 아니라 내가 잘못한 것이 없기 때문이다.

엄마는 아직 내가 어디에 갔던 것인지는 확실히 모르는 것 같았다. 그냥 새나의 꼬임에 빠졌다고 생각하는 게 분명했다. 하지만 엄마한텐 내가 어딜 다녀왔다는 사실이 중요한 게 아니다. 엄마는 계획에 없던 일을 나 혼자 결정하고 실행했다는 걸 참을 수 없는 거다.

"새나라는 애가 전학 오고 나서 반 분위기가 엉망이 됐다면서. 아까 나갔다 들어오는 길에 너희 반 애들 몇 명 만났다. 새나 걔는 완전 싸움꾼이라던데. 아무래도 월요일에 당장 학교에 가 봐야겠다."

엄마는 엄마가 하고 싶은 말만 계속했다. 분이 풀리지 않은 얼굴이었다.

진아가 나를 만나려고 계획적으로 우리 집 앞을 서성거렸다고는 꿈에도 생각하지 못하겠지.

"엄마가 잘못 안 거예요. 새나는 아까 그 애들과는 달라요."

엄마 눈초리가 사납게 올라갔다.

"아까 그 애들 말이 맞네. 그 애들이 너는 학교에서 얌전히 공부만 하는 애라고 하던데, 이렇게 대들고 변명하는 걸 어디서 배운 거야? 새나 그것이 너를 다 버려 놓았어."

"걔들이 그랬어요? 새나랑 어울려서 내가 무슨 나쁜 일을 꾸미고 다닌대요?"

"그런 거 아니야? 중학교 들어가고 나더니 애가 몹쓸 짓이나 배우고. 도대체 왜 그러는 거야? 너도 다른 애들처럼 사춘기다 뭐다 하며 멋대로 굴려는 거야?"

"친구랑 어울리는 게 몹쓸 짓인가요? 그렇다면 맞아요. 오늘 엄마가 생각하는 그런 나쁜 짓 하고 왔어요. 나쁜 짓 하며 실컷 돌아다녔다고요."

나답지 않게 대들었다. 새나를 욕하는 엄마를 그대로 두고 볼 수 없었다.

"역시 내 생각대로야."

엄마는 내가 보는 앞에서 담임 선생님에게 전화했다.

"새나라는 아이가 들어와 반 분위기를 흐려 놓았다는데 선생님은 전혀 개선할 의지가 없어 보이네요. 아까 내게 했던 말과는 다르지 않아요? 그 애가 우리 수리를 꼬여 거짓말을 가르치고 이상한 곳엘 데려갔는데 학교에서는 그런 조짐이 보이지 않았나요? 아까 걱정할 것 없다고 했잖아요. 때 하나 묻지 않은 우리 수리가 어떻게 이렇게 변하도록 그 애를 놔두었느냐고요."

엄마는 분에 못 이겨 선생님에게 두서없이 소리를 질러 댔다. 더 이상 보고만 있을 수가 없었다.

"엄마, 그만해요. 왜 이러는 거예요. 오늘 토요일인 것도 몰라요? 선생님도 쉬는 날이라고요."

내가 전화기를 빼앗았다.

"내가 못 할 게 뭐 있는데? 너를 위해 못 할 게 뭐 있느냐고?"

엄마는 이성을 잃고 이제껏 애써 숨기던 본성을 드러내고 말았다.

"새나네 엄마는 환경 운동가예요. 오늘 그분 따라 습지를 다녀왔어요. 처음으로 멋진 곳에 다녀왔다고요. 이게 저한테 어떤 의미인지 엄마는 알기나 해요?"

내가 말하는 동안 엄마는 부들부들 떨었다.

"새나 엄마가 뭐 하는 사람인지 내가 알 바 아니지만 너를 내 허락도 없이 끌고 다니는 건 용서할 수 없어. 너는 새나인지 뭔지 그 애랑 갈 길이 달라!"

겨우 진정이 되어 가는 듯 보이던 엄마가 다시 소리쳤다.

"엄만 너무 함부로 말해요. 새나랑 새나 엄마를 그렇게 말하지 마세요. 내가 가고 싶어서 간 거란 말이에요!"

나도 엄마에게 맞서 마구 소리를 질렀다. 엄마에겐 있을 수 없는 일이었다.

엄마가 갑자기 내 가방을 빼앗아 뒤지기 시작했다. 휴대 전화를 꺼내 새나의 번호를 찾아 눌렀다. 엄마를 지켜볼 수밖에 없었다. 엄마의 끝이 어디인지 나는 멍하니 기다렸다.

"나 수리 엄만데 너희 엄마 바꿔 봐!"

엄마는 다짜고짜 새나에게 명령했다. 그러고는 씩씩거리며 새나 엄마를 기다렸다.

"다른 말 필요 없어요. 내 딸은 내 방식대로 키워요. 그러니 당신은 당신 딸이나 당신 멋대로 키우라고요. 당신 애가 어디를 가든, 어떤 것들이랑 놀든 난 관심도 없지만 제발 내 딸한테 피해 주지 말고 꼬여 내지도 말아요. 얼굴 태우며 험한 곳에 데리고 다닐 생각하지 말라고요!"

엄마는 전화기에 한바탕 소리를 질렀다.

새나 엄마는 한마디도 할 수 없을 게 뻔했다.

"엄만 엄마 말만 하면 다예요? 너무 하는 거 아니에요?"

나는 먹먹한 가슴을 누른 채 엄마를 노려보았다. 무슨 말을 먼저 해야 할지 몰라 가슴이 답답했다.

"걔네 엄마는 엄마처럼 딸을 마음대로 하지 않아요. 딸을 혼자 버려두지도 않고요."

목소리가 갈라져 쇳소리가 났다.

"저, 저런!"

엄마는 어쩔 줄 모르고 씩씩거렸다.

"내가 언제 너를 내 멋대로 했다는 거야. 그리고 버려둔 건 또 뭐야. 난 자나 깨나 네 앞길만 생각하고 따라다니느라 고생인데. 이게 다 새나 그 애 때문이야. 나는 널 그 애처럼 막 자라게 둘 순 없어."

잔뜩 열이 올라 엄마 얼굴이 빨갛게 달아올랐다.

"막 자라다니요. 새나는 밝고 친절하고 똑똑해요. 남들에게 휘둘리지도 않고요. 새나 부모님은 그런 새나를 지켜보고 응원해 준다고요. 엄마는 영재도 아닌 나를 영재 만들기 프로그램으로 공부시키면 다인 줄 알아요. 그런다고 영재가 돼요? 엄마가 남에게 자랑하고 싶어 하는 그런 영재가 되느냐고요? 난 그냥 평범한 사람이에요. 내 능력대로 살고 싶어요. 난 엄마가 원하는 그런 대단한 사람이 아니란 말이에요."

나도 모르게 울부짖고 있었다. 엄마는 끄떡도 하지 않았다.

작전을 바꾸었는지 이번엔 차분한 목소리로 나를 달랬다.

"아직도 모르겠니? 엄마랑 아빠 친척들을 보면 알잖아. 내가 보기에 넌 못할 게 없어. 조금만 끈기를 갖고 참아 봐. 엄마 아빠가 시키는 대로 한다면 뭐든지 될 수 있단 말이야."

누구보다 교양이 있다고 자부하는 엄마였다. 그런 엄마가 과외 선생님들에게 하듯 담임 선생님과 새나 엄마에게 무례하게 구는 모습을 보니 측은하기까지 했다. 사람을 평가하는 엄마의 일그러진 잣대를 꺾어 버리고 싶지만 내겐 그럴 힘이 없다.

강자와 약자

고맙게도 그들은 은연중에
나를 점차 강하게 만들어 가고 있었다.
나는 좀 더 단단해져야 한다.

전화 사건으로 새나 보기가 부끄럽고 껄끄러웠다. 새나에게는 사과하는 것만으로 부족할 것 같았다. 아무리 변명을 해도 새나는 나를 이해할 수 없을 거다.

차라리 새나를 피해 혼자 다니기로 했다. 새나 역시 나를 보고 어색해했다. 새나와 나는 모든 게 너무 달랐다.

담임 선생님도 엄마의 폭언을 듣고 힘겨워할 게 분명했다. 선생님을 찾아갔다. 엄마 대신 사과할 생각이었다. 선생님은 문 앞에서 머뭇거리는 나를 보자 들어오라며 손짓을 했다. 선생님 얼굴이 해쓱해 보였다. 그런 선생님을 보자마자 울음이 터졌다. 무슨 말을 해도 용서받을 수 없을 것 같았다.

엄마는 오히려 의기양양한 채 다시는 누구라도 나를 건드리지 못할 거라고 믿고 있을 게 뻔했다.

"수리야. 네가 힘들겠구나."

내 등을 쓸어 주며 선생님은 목멘 소리로 말했다. 나는 아무 말 하지 않고 흐느끼기만 했다.

"너를 어떡해야 하니? 선생님은 그게 걱정이야."

자존심이 구겨질 대로 구겨졌을 선생님이 나를 걱정하고 있었다.

"전 괜찮아요. 이제껏 잘 지내 왔는걸요."

내 말에 선생님은 깊은 한숨을 내쉬었다.

"언젠가 엄마도 엄마 마음대로 살 수 있는 게 아니라는 걸 아시겠지."

선생님은 더 이상 아무 말도 하지 않고 엎드려 울고 있는 나를 일으켰다.

"모든 건 너한테 달렸어. 끌려가느냐, 네가 스스로 가느냐."

선생님이 나를 보고 미소를 지었다.

"죄송해요."

나는 다시 한 번 고개를 떨궜다. 막무가내로 소리치며 전화한 엄마를 대신해 사과할 수 있는 다른 방법이 없었다.

"괜찮아. 나는 어른이고 또 네 선생님이잖아."

눈이 부어 있는 채로 교실로 돌아왔다. 새나 옆을 지나면서도 새나를 바로 볼 수가 없어 그냥 지나쳤다.

진아 패거리들 목소리가 들렸다.

"무슨 일이야? 선생님한테 혼났구나."

"웬일! 선생님이 우리 반 공주님을 혼내다니, 어쩌시려고!"

그제서야 반 아이들도 저마다 측은한 얼굴로 나를 보았다. 새나는 나를 돌아보지 않았다.

진아 패거리는 내가 학교 가는 길에 자주 나타났다. 이제껏 하던 방법과는 다른 방식으로 나를 압박하려는 것 같았다. 등굣길에 내 앞뒤에서 시시덕거리며 걷기도 하고 갑자기 나타나 내 등을 치며 같이 가자고도 했다. 집으로 돌아가는 길도 마찬가지였다.

나는 말 없는 공주나 공주 인형 같은 별명이 내 진짜 모습이라는 듯 그들에게 계속 침묵으로 시위를 했다. 그들은 모를 것이다. 고맙게도 그들은 은연중에 나를 점차 강하게 만들어 가고 있었다. 나는 좀 더 단단해져야 한다.

새나는 잠시 왕따를 당하는 듯했지만 여전히 반 아이들에게 인기가 있었다. 그런 새나가 부럽기도 했고 섭섭하기도 했다. 어느 땐 밉기도 했다.

"아니야. 새나는 잘못이 없어. 다 엄마 때문이야."

생각할수록 새나에게 미안했다. 정말이지 모든 건 엄마 때문이었다.

"이젠 엄마 말 안 들을 거야! 그렇지 않으면 엄마는 내 등에 더 많은 짐을 올릴 게 뻔해. 내 짐은 내가 선택할 거라고!"

나는 으르렁대는 사나운 동물처럼 내 앞에 있는 누구든 나를 보고 겁을 먹게 하고 싶었다.

갑자기 내 앞에서 집게발을 쳐들던 말똥게 생각이 났다.

말똥게는 자신이 할 수 있는 한 가장 용맹한 몸짓을 할 줄 아는 존재였다.

지금 영화에서나 나올 법한 이무기가 내 앞에서 나를 내려다보고 있다. 엄마다. 엄마는 거부할 수 없는 크기로 나를 질리게 하는 존재다.

"아무리 발버둥을 쳐도 밟히면 끝인걸."

다리에 힘이 풀렸다. 말똥게처럼 한없이 작아졌다.

엄마를 생각하면 내 발버둥도 다시 제자리다.

나도 모르는 사이 엄마는 또 학교에 찾아와 담임 선생님을 괴롭혔다. 이번에는 교장실까지 간 모양이었다. 복도에서 마주친 담임 선생님은 나를 보자 살그머니 한숨을 내쉬었다. 내게 들키지 않으려고 애를 썼지만 엄마 때문인 걸 눈치챘다.

선생님은 말없이 미소만 지으며 내 어깨에 손을 얹어 주고 지나갔다. 뒤돌아 선생님을 보았다. 걸음걸이에 힘이 다 빠져 있었다.

자신만만하던 선생님의 걸음을 엄마가 저렇게 짓밟아 버렸다. 비정상적으로 삐뚤어진 엄마의 힘이 갈수록 나를 부끄럽게 했다.

교실에 들어가려는데 진아 패거리 중 하나가 나를 보고 씩 웃었다. 그들은 내 자리로 가는 중간중간 서 있었다. 진아 패거리가 보이는 것은 진아가 주변에 있다는 암시다. 도대체 무슨 일을 벌이고 있는 건지 짐작할 수 없었다.

교실에 들어가니 내 옆자리에 진아가 앉아 있었다.

항상 뒤에서 패거리들을 조종해 나를 괴롭히던 진아가 이제는 내 앞에 나타났다. 자리 주인이 진아에게 자리를 비켜 달라고 했다.

"뒤에 가 있어. 좀 있다 비켜 줄게."

진아는 미안한 기색 하나 없이 말했다.

자리 주인은 말없이 교실 뒷자리로 갔다. 나는 내 자리에 앉아 책상 위에 얼굴을 댔다.

진아가 내 책상을 톡톡 쳤다. 처음 내게 거래를 제안했을 때와 똑같았다.

아무런 반응을 안 하자 내 어깨를 툭 쳤다. 가만히 있었다. 그러자 내 귀에 속삭였다.

"정말 많이 기다렸는데 답이 없네. 나를 무시하면 좋을 게 없는데. 계속 이러면 네가 엄마 지갑에서 돈 훔친 거, 너희 엄마한

테 다 말할 거야. 너희 엄마가 어떻게 나올지 알잖아. 그러니까 내
말 들어."

진아가 느릿느릿 힘주어 말했다.

"알았지?"

진아가 내 어깨를 툭 쳤다.

진아는 우리 엄마가 어떤 사람인지 확실히 모르는 것 같았다.
엄마는 선생님 걸음조차 맥 빠지게 만든 사람이다. 치사하지만
나는 우리 엄마의 대단한 힘을 보여 줄 수도 있다.

잘 발효되어 응축된 기운이 터지기 직전이었다. 이젠 나도 막
나가 보기로 했다. 잘하면 이 기회에 엄마도 모든 것이 내 주변 때
문이 아니라 나 때문이라는 걸 인정할 수 있을지도 모르겠다.

내가 벌떡 일어나자 진아가 한 걸음 뒤로 물러났다. 놀란 얼굴
이었다. 나는 진아보다 더 높이 턱을 치켜들었다. 그러고는 소리
쳤다.

"뭘 알아? 내가 뭘 알아야 하는데?"

처음이었다. 교실에 있던 아이들이 모두 나를 보는 게 느껴졌
다. 나는 진아가 내게 한 것과 정반대로 빠르고 강하게 쏘아 대기
시작했다.

"나는 더 이상 네 말 듣지 않을 거거든? 그러니까 부탁하는데
제발 그렇게 해 줘! 내가 말하면 우리 엄마는 믿지 않을 게 뻔하

니까 나 대신 네가 말해. 네 패거리들을 다 몰고 우리 집에 가서 직접 말하란 말이야!"

진아는 당황한 듯 눈도 깜빡이지 못했다.

예상치 못한 반격이었을 거다. 진아가 패거리들을 돌아보았다. 패거리들 표정도 가관이었다. 나는 멈추지 않았다.

"네가 우리 엄마를 만나고 나면 나는 학교를 그만두게 될 거야. 아마 너희들도 나와 다르지 않겠지. 그렇지만 나는 외국에 가면 돼. 어차피 엄마는 날 외국에 보내지 못해 안달 나 있으니까. 오히려 좋은 기회인 거지. 그런데 너희들은 불쌍해서 어떡하니?"

나는 측은한 얼굴로 진아와 그 패거리들을 하나하나 둘러보았다. 반 아이들은 수군대기 시작했다. 그들은 내가 저지른 일이 무엇인지 알지 못할 것이다. 아니, 그들은 그걸 알고 싶어 하는 것이 아니다. 내가, 공주 인형이 어떻게 아무도 대항할 수 없는 진아에게 겁도 없이 대들 수 있는지 그게 궁금했을 것이다.

"미친 거 아냐?"

진아가 미간을 찌푸리며 말했다. 정말 내가 미쳤다고 생각할 수밖에 없을 것이다.

"그래 나 미쳤다!"

내 말에 진아는 입을 씰룩거리며 분을 참지 못했다. 눈빛이 떨렸다. 나는 진아를 잠시도 가만두지 않고 쏘아보았다.

"제발 엄마한테 말하라고!"

내 눈에서 불이 튀는 것이 느껴졌다. 악을 쓰며 내뱉는 내 목소리가 진아의 심장을 거칠게 긁어 댔을 것이다. 나는 이다음에 일어날 일에 대해 아무것도 생각하지 않았다. 진아가 어떻게 나오든, 숨어서 나를 조종하는 진아를 밖으로 끌어내기로 했다.

진아를 더 이상 보지 않고 자리에 앉았다. 다음 일은 진아가 알아서 할 일이다. 나도 모르게 새나를 바라보았다.

새나는 이제껏 나를 지켜본 게 틀림없다. 새나가 나를 향해 살짝 미소를 지었다.

그 미소를 보자 왈칵 눈물이 날 것 같았다. 혹시라도 진아가 볼 것 같아 눈을 부릅뜨고 참았다. 진아에게 당당히 맞서던 새나의 목소리가 떠올랐다. 새나에게 달려가 나도 해냈다고 소리치고 싶었다.

새나가 눈을 끔뻑이는 나를 보고 또 한 번 미소를 지었다.

'그래 수리야, 아주 잘했어!'

새나의 미소가 내게 그렇게 말하고 있었다.

가슴속에서 무언가 훅 밀고 올라왔다. 가래처럼 항상 목에 걸려 있던 기분 나쁜 덩어리였다.

나는 팔꿈치를 책상 위에 대고 두 손으로 얼굴을 가렸다. 그러고는 머리칼을 움켜쥐고 기침하듯 숨을 내뱉었다. 내 목에서 갑

갑한 것이 사라졌다. 목에서뿐 아니라 가슴 아래쪽까지 답답함이
풀렸다.

　나는 더 이상 무기력한 공주 인형이 아니었다. 갑옷으로 무장
하고 당당히 전장으로 나선 용기 있는 공주였다. 새나가 미소로
그걸 인정해 주었다.

　진아 패거리는 엄마를 만나러 오지 않았다. 내 앞을 가로막지
도 않았고 내 눈앞에서 킬킬대지도 않았다.

　새나가 다시 내 옆으로 왔다. 선물처럼.

또 다른 행성

나는 지금 날고 있다!
무거운 공기로 가득한 이 행성에서
내가 찾은 행성으로!

여름 방학이 코앞이다. 방학이 즐겁지 않은 지도 오래되었다. 엄마는 24시간이 모자랄 정도로 치밀하게 계획을 짜 놓곤 했었다. 이번엔 가족 여행이 기다리고 있었다. 단순한 여행이 아니라 유학을 위한 사전 답사 여행이었다.

영국에 살고 있는 이모가 엄마를 부추겼는지도 모른다. 엄마는 되도록 빨리 엄마 형제들이 있는 곳으로 나를 데려가고 싶어 했다. 엄마는 어쩌면 그곳에 가서도 내게 사촌들보다 더 나은 환경을 만들어 주고 싶어 계속 발버둥 칠지도 모른다. 아빠는 그런 엄마의 교육열에 말없이 동참하고 있다.

"수리야, 여행을 하고 나면 너도 마음이 새로워질 거야."

엄마는 무엇을 기대하는지 잔뜩 들떠 있었다.

나는 고개만 끄덕였다. 엄마는 진아 패거리를 보기 전부터 내가 다니는 학교를 마음에 들어 하지 않았다. 나를 하루라도 빨리 엄마가 원하는 곳으로 보내고 싶어 했다.

"쟤는, 말 좀 하면 안 되니? 점점 왜 그러는지……. 사촌들도 만나고 좀 좋아. 네 이모가 오라고 할 때 진작 갔어야 했는데."

말수가 더 줄어든 나를 보고 엄마는 섭섭한지 눈을 흘겼다.

식구들과 영국에서 여름을 보낼 생각을 하니 잠이 오지 않았다. 서두르며 재촉하는 엄마의 목소리와 눈빛만 자꾸 떠올랐다.

침대에서 일어나 컴퓨터를 켰다.

인터넷에 접속해 여기저기 쏘다니다 한 지역 동아리 카페 앞에서 멈췄다.

– 날아 볼까

어떤 곳일까? 이름처럼 자유로운 곳일지 궁금했다.

하고 싶은 말을 다 할 수 있고, 내가 할 수 있는 만큼만 해도 칭찬해 주는 그런 자유롭고 훈훈한 분위기를 상상해 보았다.

카페를 둘러보았다.

중·고등학생들이 모여 자신들이 좋아하는 음악과 문학 관련 모임을 갖고 봉사도 하는 등 다양한 활동을 하는 카페 같았다. 회원들이 일 년에 두 번씩 치른 공연이나 행사 사진이 올라와 있는 걸 보니 점점 마음이 끌렸다. 직접 그곳에 가 보고 싶었다.

– 똑똑! 문 좀 열어 주세요.

나는 카페 문을 두드렸다.

가입 신청을 마치자 준회원으로 환영한다는 메시지가 떴다. 뿌듯한 마음으로 가입 인사를 했다.

– 안녕하세요. 카페 분위기가 정말 좋아 보여요. 저도 '날아 볼까' 식구가 되고 싶어요.

내가 아닌 다른 목소리로 상냥하게 인사를 했다. 새나처럼 즐거워 보이고 싶었다. 완전히 다른 사람이 된 기분이었다.

– 환영합니다! 금요일에 우리 공연하는 거 보러 오실래요?

운영진이 바로 댓글을 달았다.

– 네, 불러만 주시면 가고 싶어요.

– 우린 언제나 환영!

또 한 회원이 인사를 했다.

카페 가입은 나를 들뜨게 했다. '날아 볼까'는 무심코 발견한 뜻밖의 행성이었다. 이제껏 고개를 들어 바라볼 생각조차 하지 못했던 별. 이 별의 정체를 확인하기까지 아무에게도 말하지 않을 작정이다. 새로운 행성에 대한 호기심에 여행도, 가족도, 새나도, 진아 패거리들도 잊을 수 있었다.

금요일이다. 학교에서 돌아오니 집에는 도우미 아주머니만 있었다. 가방을 놓고 나갈 준비를 했다. '날아 볼까'가 공연을 한다는 곳은 버스로 그리 멀지 않은 곳이었다.

가는 길에 과외 선생님에게 전화를 했다.

"선생님, 저 오늘 수업 못 해요. 엄마한테는 제발 전화하지 마세요. 오늘만요. 부탁이에요."

선생님이 어떻게 답을 하는지 듣지도 않고 전화를 끊었다. 이유를 물을 것이 분명하다. 그리고 나를 설득하겠지. 엄마가 어쩌고저쩌고……

차라리 아무 말도 안 듣는 게 편했다.

비가 흩날리고 있었다. 우산을 쓰고 걷는데 비에서 싱그러운 냄새가 났다. 팔을 벌려 손바닥에 비를 모았다. 손바닥에 모은 물을 장난삼아 내 앞에 쏟았다. 아마존 어딘가에 햇빛을 따라 걷는 나무가 있다는데, 나도 물길을 따라 걷는 나무가 되어 천천히 정류장까지 걸었다.

버스에서 내려 목적지까지 걷기로 했다. 차들이 일렬로 빈틈없이 주차된 길을 따라 아무리 둘러봐도 '날아 볼까'의 행사가 있다는 건물을 찾을 수 없었다. 카페 회장 언니에게 전화를 했다. 회장 언니가 알려 준 대로 가니 키가 멀쑥하게 큰 언니가 손을 흔들었다.

"네가 수리지?"

내 이름을 아는 걸 보니 회장 언니가 맞는 것 같아 얼른 달려갔다.

"너 중학생 맞아?"

"네."

"얼굴이 엄청 어려 보이네."

언니 말에 나는 대답 대신 씩 웃었다.

회장 언니는 내 팔을 잡고 골목 옆에 있는 건물로 데려갔다. 입구에 '날아 볼까?'라고 쓴 예쁜 나무 간판이 보였다. 문을 열고 계단으로 내려갔다.

"자, 여기가 회의실 겸 대기실이고, 저기가 공연장이야."

회장 언니가 우산을 받아 우산꽂이에 꽂았다. 공연장 문을 여니 여러 사람들이 의자에 앉아 있었다. 무대에서는 남학생 둘이 기타를 연주하고 있었다.

"지금 리허설 중이야. 편하게 있어."

회장 언니는 모인 사람들에게 나를 소개했다. 멋쩍었지만 깍듯하게 인사를 했다.

"뭐야, 아직 신규 회원 모집도 하지 않았는데."

누군가 퉁명스럽게 말했다.

"적극적이고 관심이 많아 보여서 내가 초대했어."

회장 언니가 가볍게 받아쳤다.

나는 주눅이 들어 꼼짝 않고 서 있었다.

"겁먹지 마. 떠보려고 괜히 그러는 거야."

회장 언니의 말을 듣고 겨우 안심했다.

"여기 앉아 있으면 우리 카페가 어떤 곳인지 금세 알게 될 거야."

회장 언니는 내게 눈을 찡긋하고는 무대로 올라갔다.

"자자, 곧 시작할 거니까 모두 준비들 해."

여기저기 흩어져 있는 회원들을 단숨에 정돈시키는 모습이 당당하고 멋져 보였다.

행사가 시작되기도 전부터 가슴이 설렜다.

작은 공간 안에서 벌어지는 일들은 낯설고 신기했다. 두 사람이 기타를 들고 무대로 올라가자 박수와 환호성이 쏟아졌다. 연주자들의 기타 반주에 맞춰 회원들이 합창을 했다. 나도 모르게 흥얼흥얼 따라 했다.

이어서 팝핀 팀이 나와 음악에 맞춰 춤을 췄다. 내 목과 어깨, 팔다리가 움찔움찔하는 것 같았다.

넋을 놓고 있었는지 회장 언니가 다가오는 것도 몰랐다. 언니가 어깨를 탁 쳤다.

"맘에 들어?"

회장 언니가 속삭였다. 나는 대만족이란 뜻으로 두 엄지손가락을 모두 치켜들었다. 회장 언니가 활짝 웃었다. 그 미소에는 카페에 대한 자부심이 배어 있었다.

회원들의 공연을 보는 동안 두 시간이 훌쩍 지났다.

자신들이 좋아하는 걸 자신 있게 표현할 수 있는 용기가 부러웠다.

"어때, 생각했던 데 맞아?"

공연이 끝나자 회장 언니가 물었다. 나는 말없이 고개를 끄덕였다.

"넌 뭐 할 줄 알아? 악기든, 춤이든, 글이든 뭐든."

"피아노랑 바이올린은 좀 해요. 어릴 때부터 배웠거든요. 근데 엄마가 억지로 시킨 거라서 별로 안 좋아해요."

나는 솔직하게 말했다.

"그럼 수리 너는 여기 들어오면 뭘 하고 싶어?"

"저도 언니 오빠들처럼 노래하고 춤도 추고 싶어요. 그런데 그런 건 안 해 봐서 잘할 수 있을지 모르겠어요."

"잘하고 못하고는 중요하지 않아. 열정만 있으면 뭐든 할 수 있어. 여기는 그런 곳이야. 여름 방학 끝나면 곧 신입 회원 모집 글을 올릴 거야. 그때 정식으로 들어와."

회장 언니가 내 어깨를 툭 치며 웃었다. 그 웃음이 한없이 믿음직해 보였다.

정식 회원이 아니어서 먼저 공연장을 나왔다. 내가 발견한 행성에 첫발을 딛고 나오는 길이었다. 그 행성에서 느낀 온기로 가슴이 한껏 부풀었다.

어느새 비도 그치고 하늘은 어둑어둑해 있었다. 갑자기 어릴 때 본 동화 『메리 포핀스』가 생각났다. 나도 들고 있던 우산을 펴고 신호만 주면 내가 원하는 어디로든 날아갈 것 같았다.

하나 두울 세엣! 우산을 편 채 천천히 위아래로 흔들었다. 몸이 가뿐해졌다.

'나는 지금 날고 있다! 무거운 공기로 가득한 이 행성에서 내가 찾은 행성으로!'

새나에게도 내가 발견한 행성을 말해 줘야겠다. 새나는 분명 박수를 쳐 줄 거다.

뿌듯한 마음에 웃음이 절로 나왔다.

기분 좋은 상상 덕분에 집에 도착해서 벌어질 일들 따위는 비집고 들어올 틈이 없었다.

행운인지 엄마 아빠는 늦은 시각까지 집에 돌아오지 않았다.

"내가 수업을 빼먹고 다른 곳에 갔다는 건 상상도 못 할 거야."

통쾌했다. 이 사실을 알게 되면 엄마는 어떤 얼굴을 할까 궁금했다.

하지만 궁금증은 바로 다음 날 풀렸다. 아침 일찍 도우미 아주머니에게 들었을 게 분명했다. 방문이 왈칵 열렸다.

나를 보자마자 엄마의 입술이 파르르 떨렸다. 처음 있는 일이었다. 분노에 가득 차서 하고 싶은 말을 꺼내지 못하고 있었다. 하지만 엄마가 하려는 말이 무엇일지 이미 알고 있었기 때문에 놀라지 않았다.

엄마가 깔끔하게 짜 놓은 계획을 내 마음대로 수정했다. 어겨서는 안 되는 엄마의 법을 내가 또 깼다.

"이번엔 가만있지 않을 거야."

왜 과외를 안 했냐는 엄마의 다그침에도 나는 '날아 볼까'에 대해서는 입 밖에 내지 않았다. 당연했다.

오후 늦게 과외 선생님이 잔뜩 주눅 든 얼굴로 엄마 앞에 섰다.

"애와 함께 있어야 할 시간에 도대체 뭘 한 거예요? 내 허락 없이 시간을 펑크 내면 어쩌겠다는 거예요?"

"저, 그게⋯⋯."

과외 선생님은 당황한 듯 말을 잇지 못했다. 엄마는 그 틈을 참지 못하고 싸늘하게 말했다.

"아이에게 휘둘리면 애가 망가지죠. 내 말을 들어야지 왜 애 말을 들어요? 당신은 자격이 없어요."

엄마는 나 대신 과외 선생님에게 덤터기를 씌웠다. 선생님을 종잇장처럼 구겨 쫓아 버릴 셈이었다.

과외 선생님과 눈이 마주쳤다.

엄마의 무례한 모습도, 당황해 금세 울음이 터질 것 같은 선생님 얼굴도 보고 싶지 않았다. 밖으로 나가려고 하는데 선생님이 먼저 내 옆을 휙 지나 나가 버렸다.

엄마가 소파에 털썩 주저앉으며 나를 불렀다.

"아무래도 널 여기 두면 안 되겠어."

한바탕 소동을 벌인 엄마는 큰 결심을 굳힌 듯 보였다.

"이번에 영국 가면 네가 다닐 만한 학교도 알아보고 올 거야."

엄마는 여름 방학 동안 계획보다 좀 더 영국에 머물기로 결정했고, 내게 변경된 계획을 알렸다.

"이번 여행은 엄마에게 정말 뜻깊은 여행이 되겠네요."

나는 엄마를 똑바로 보며 말했다.

"나한테? 무슨 말이야? 이게 다 너를 위한 건데."

엄마가 이맛살을 찌푸리며 나를 빤히 보았다.

"정말 이상해. 안 그러던 애가 왜 그리 불만이 많아진 거야? 유학을 꿈꾸는 사람들이 얼마나 많은 줄 알아? 가 보면 참 잘했다고 엄마한테 고마워할걸. 누구나 갈 수 있는 그런 곳이 아니잖아."

엄마는 진지했다.

"내가 꿈꾸는 건 아니에요."

나도 모르게 빈정거리고 있었다.

사실 내가 꿈꾸는 세상이란 처음부터 없었다. 모든 게 엄마의 꿈이었다. 이상향이라는 말도 내게는 무의미하고 사치스러운 말이다. 나는 스스로 꿈꾸는 이상향도 없고 스스로 가질 수도 없다.

하루하루 시간이 흐르는 것도 다가올 일들도 싫었다. 아무 생각도 하지 않고 듣지도 말하지도 않고 긴 잠을 자고 싶었다. 그 속에서만은 어떤 미로에 갇혀도 당황하거나 머뭇거리지 않고 천천히 날갯짓하며 빠져나올 수 있을 것 같았다.

잠들고 싶었지만 잠이 오지 않았다.

- 똑똑똑

어디든 이곳을 빠져나갈 수 있는 문이라면 무조건 두드려야 한다. 새나가 보고 싶었다.

사막

목표 지점과 가는 방법이 확실해지자
마음이 설레였다.
나도 모르게 발걸음이 빨라졌다.

여름 방학이 시작됐다. 내일이면 영국으로 가야 한다.

저녁 무렵에 엄마가 내 방문을 활짝 열었다.

"너한테 꼭 필요한 것만 더 넣어. 나머지는 가서 사면 되니까."

엄마는 옷가지를 넣은 여행 가방을 방 안으로 밀어 넣었다.

물건 대신 내가 가방 속에 구겨져 들어가 어디론가 사라져 버리고 싶었다. 짐을 싸지도 않고 침대에 누웠다.

"얼른 일어나. 공항 갈 준비해야지."

어느새 잠이 들었나 엄마 목소리가 들렸다.

엄마는 재촉했지만 나는 침대에서 미적거렸다. 낯선 나라까지 끌려가고 싶지 않았다. 내가 있을 곳은 그곳이 아닌 건 확실하다.

짐을 보니 방에 더 있다가는 몸이 터져 버릴 것 같았다. 이곳을 빠져나가는 것이 먼저라는 생각이 들었다. 벌떡 일어나 부랴부랴

세수를 하고 옷을 갈아입었다. 엄마는 방에 있는지 보이지 않았다. 몰래 집을 빠져나왔다.

나는 '날아 볼까'로 가고 있었다. 갈 곳이 있어 다행이었다.

아담한 나무 팻말이 정겹게 보였다. '열려라, 열려라!' 하며 주문을 외웠다.

'문이 활짝 열리면 얼른 들어가 문을 꼭 잠가 버릴 거야.'

나는 문 안에서 완전히 탈바꿈한 나를 상상했다.

문고리를 잡고 흔들었지만 문은 열리지 않았다. 행복한 상상은 맥없이 끝났다. 착각에서 깨어나니 웃음이 났다. 문 앞에서 돌아설 수밖에 없었다.

'한 번쯤 내 주문을 들어주면 어때서.'

나를 위해 문이 열릴 거라고 믿지는 않았지만 섭섭했다.

버스 정류장이 보였다. 이번엔 그 정류장을 특별한 장소라고 믿고 싶었다. 집과 떨어진 먼 곳으로 나를 데려다줄 마법의 정류장! 그곳을 향해 발걸음을 재촉했다.

숨을 몰아쉬다 우연히 입에서 휘익 소리가 났다. 휘파람 소리 같았다. 마노가 저희들끼리 불어 대던 신호. 그 휘파람을 자신 있게 불어 보고 싶었다. 휘파람을 불면 나를 위한 마법의 마차, 버스가 곧 달려올 것 같았다.

휘파람 소리 대신 계속 헛바람 소리만 났다. 마노처럼 자신 있게 소리가 나 준다면 얼마나 신이 날까.

정류장엔 사람들이 버스를 기다리고 있었다. 사람들에게 들키지 않으려고 입을 오므려 픽 하고 짧게 바람 소리를 냈다. 내가 탈 마차를 부르는 나만의 신호였다.

버스 한 대가 내 앞에 섰다. 무조건 버스에 올랐다. 버스 창문 위쪽에 버스 노선 표지판이 붙어 있었다. 정류장이 꽤 많은 걸 보니 집에서 멀어지는 버스가 확실했다. 자리에 앉자마자 버스는 붕 소리를 내며 출발했다.

달리던 버스가 정해진 정류장마다 서고 가기를 반복했다. 특별한 목적지도 없었고 언제 내려야 할지도 모르겠어서 조금은 불안했다. 버스가 멈출 때마다 조마조마했다. 버스가 멈추면 누가 나를 억지로 끌어내릴 것만 같았다. 그때마다 조심스럽게 창밖을 내다보았다. 집과 멀리 떨어졌다는 생각이 들자 조급한 마음이 누그러졌다.

"어디든 가겠지."

의자 등받이에 몸을 기댄 채 눈을 감았다.

"다음 정거장은……"

안내 방송이 흘렀다. 도심 한복판이었고 전에 엄마랑 음악회 관람을 위해 와 보았던 곳이기도 했다. 버스에 타고 있던 사람들이 내릴 준비를 했다. 버스가 멈추자 사람들이 거의 다 내리는 것 같았다. 혼자 남는 것이 두려워 사람들을 따라 내렸다.

버스에서 내리자 더운 기운이 훅 얼굴을 감쌌다. 말쑥하게 차려입은 사람들이 손부채질을 하며 바삐 걸어가고 있었다. 그 사람들 틈에 섞여 걷다가 슬금슬금 빠져나왔다. 목적지도 없는데 빨리 갈 이유는 없었다.

한 무리의 사람들이 다시 몰려왔다. 시간에 쫓기듯 바쁜 걸음들이었다. 그 사람들 역시 앞만 보고 정신없이 걸었다.

사람들을 보며 천천히 걸었다. 건물 사이로 비치는 햇빛에 눈이 부셔 고개를 돌렸다. 길 건너편 빌딩 벽면에 대형 전광판이 보였다. 화면에 나타난 영상이 내 눈길을 끌었다.

낙타가 사막의 모래바람을 뚫고 걸어가고 있었다. 무리에서 벗어났는지 그 넓은 사막에 낙타는 한 마리뿐이었다. 터번을 머리에 두른 사람이 모래바람을 견디기 어려운 듯 잔뜩 웅크린 채 낙타의 고삐를 잡고 있었다. 내 두 손에 저절로 힘이 갔다. 나도 무언가 잡아야 했다. 나를 이끌고 가 줄 진짜 낙타가 필요했다.

"아얏!"

영상에 정신이 팔려 지나가던 남자와 심하게 부딪혔다.

나도 모르게 소리를 질렀다. 남자는 기분 나쁜 얼굴을 하더니 곧 사라졌다. 뒤따라오던 남자가 멍하니 서 있는 내게 다친 곳이 없느냐며 물었다. 내가 고개를 젓자 그 남자도 금세 제 갈 길을 갔다.

사람들은 여전히 무리 지어 걸어가고 있었다. 각자 목적지는 다를 테지만 마치 이 공간에 있는 사람들 모두 한 팀 같았다. 그 사람들 속에서 나는 아무것도 아니었다. 그들은 내가 그곳에 함께 있다는 것조차 느끼지 못하는 사람들이었다. 그래서 편했다.

여행 준비에 한창인 엄마 아빠에게 말도 없이 집을 나왔지만 걱정은 되지 않았다. 집에서 어떤 일이 벌어지고 있을지 뻔했지만 생각하기 싫었다.

여행이 다가올수록 하루하루가 무겁고 지루했었다. 그 기억들이 떠오를 때마다 머리가 아팠다.

고개를 젖히니 대형 전광판이 다시 보였다.

항공사 로고를 단 비행기가 눈 쌓인 산맥 위를 날며 사라졌다. 화면 위에 신문이 넓게 펼쳐졌다. 신문에 있던 사진 한 장이 점점 커지더니 화면을 꽉 채웠다. 화면 가득 피겨스케이팅 선수가 활짝 웃으며 메달을 들어 보이고 있었다.

나도 저렇게 웃어 본 적이 있었다. 지금은 거의 희미해진 어린 시절의 기억이었다. 할머니한테 선물을 받았을 때, 유치원과 초등학교 입학했을 때, 처음으로 상장을 받았을 때. 그런 때가 있었다니! 이젠 남의 일 같았다. 선물을 받아도, 학교에 가도, 상장을 받아도 즐겁지 않았다.

전광판 화면에 야구장이 보이고 타이어가 굴러가고 고속 전철이 지나갔다. 낙타는 다시 나타나지 않았다. 낙타는 어디로 가는 길이었을까? 낙타가 내 눈앞에 있다면 어떤 기분일까? 내가 손을 뻗으면 이떤 낙타라도 나를 위해 고삐를 내어 줄 것 같았다.

큰 건물 앞 벤치에 앉아 휴대 전화를 꺼냈다. 오래전이지만 동물원에 간 적이 있었다. 그때 낙타를 보았는지 기억은 나지 않지만 분명 동물원 어딘가에 낙타가 있을 것 같았다. 인터넷에서 '동물원 낙타'를 검색했다.

'없으면 어떡하지?'

기다리는 동안 가슴이 조마조마했다.

다행히 낙타가 있는 동물원이 있었다. 곧바로 가는 길을 알아냈다. 전철로 빨리 갈 수 있는 방법이 있었지만 갈아타야 해서 버스를 타기로 했다.

목표 지점과 가는 방법이 확실해지자 마음이 설레었다. 나도 모르게 발걸음이 빨라졌다. 따가운 햇살에 목과 등에 땀이 흘렀지만 정류장까지 열심히 걸었다.

버스 안은 에어컨 바람으로 서늘했다. 땡볕인 차창 밖은 마치 다른 세상 같았다. 사람들은 모자나 양산으로 햇빛을 가리거나 고개를 숙인 채 눈을 찡그리고 걸었다. 그 표정을 보니 햇살에 영혼을 빼앗긴 사람들 같았다. 초록으로 무장한 나무들만 강렬한 여름과 맞서고 있었다.

휴대 전화가 주머니 안에서 끊임없이 울렸다. 안 보아도 누가 자꾸 전화를 하고 메시지를 보내고 있는지 뻔했다.

— 엄마, 아빠, 엄마, 엄마, 엄마

엄마에게 메시지를 보냈다.

— 들어갈 거예요. 기다리지 마세요.

휴대 전화를 꺼 버렸다.

버스 안을 둘러보니 타고 있던 사람들이 언제 내렸는지 자리가 많이 비어 있었다.

조심스럽게 창문을 열자 더운 바람에 헉 소리가 날 지경이었다. 에어컨 바람에 옴츠렸던 몸이 풀려 나른해졌다. 그 틈을 비집고 언짢은 일들이 꼬리를 물고 떠올랐다.

"거기 문 좀 닫아요!"

뒤에 있던 남자가 갑자기 소리를 질렀다. 돌아보니 남자는 양미간을 잔뜩 찌푸리고 있었다.

얼른 창문을 닫았다. 버스 천장에서 시원한 바람이 나왔다. 버스 안은 다시 조용해졌다.

'엄마는 당연히 여행을 못 갔겠지. 그 일이 화가 날까, 아니면

내가 멋대로 집을 나가 버린 게 화가 날까?'

게임을 하듯 엄마 마음을 헤아려 보았다.

'이번엔 나 대신 누구에게 잘못을 덮어씌우려고 할까? 그러면 분풀이가 될까?'

엄마의 자존심을 한껏 무너뜨렸다는 생각에 통쾌했다.

내가 정말 어쩌려고 이러는 건지 나도 모르겠다. 그렇지만 또다시 엄마에게 잡혀 엄마 뜻대로 움직이고 싶지 않았다.

차창 밖으로 정류장마다 버스를 기다리는 사람들이 보였다. 사람들의 표정은 제각각이었지만 더위에 지쳐 보이는 건 똑같았다. 대부분 정류장 그늘에 옹기종기 서 있었지만 대담하게 햇빛 아래서 버스를 기다리는 사람들도 있었다. 조금만 기다리면 원하는 버스가 올 것이니 따가운 햇빛쯤이야 견딜 수 있다는 자세. 목적지를 향한 버스에 이미 올랐다는 것이 내겐 행운처럼 느껴졌다.

기다리던 안내 방송이 나왔다.

버스가 정류장에 멈추자마자 재빨리 내렸다.

"동물원이 어디예요?"

뒤따라 내린 사람에게 물었다.

"이쪽으로 쭉 가면 돼."

그 사람이 손가락으로 길을 가리켰다.

고마운 마음에 꾸벅 인사를 했는데 그 사람은 별일 아니라는 듯 급히 지나갔다.

햇볕이 따가웠다. 갑자기 엄마가 다가와 양산이며 모자를 씌워줄지도 모른다는 생각에 주위를 두리번거렸다. 아무도 없는 걸 알고 오히려 안심이 되었다.

아스팔트에서도 열기가 올라왔다. 몸이 익을 것 같지만 그 열기를 들이마셨다. 다른 날이었다면 더위를 피하느라 애를 썼겠지만 오늘은 싫지 않았다. 모두에게 벗어나 내가 가고 싶은 곳을 가고 있으니까. 그런 자유로움이 나를 느긋하고 여유롭게 했다.

공원 쪽으로 걷다 보니 목이 말랐다. 그래도 지체할 수 없었다. 빨리 낙타를 만나고 싶었다. 공원 입구가 보였다. 저 문을 통과하면 바로 낙타가 서 있을 것 같았다. 입장권을 사서 공원으로 들어섰다.

눈앞에 연못이 보이자 목이 더 말랐다. 마침 자판기가 보였다. 천 원짜리 한 장을 자판기에 넣고 물 한 병을 꺼냈다. 물을 마시며 앞으로 걸었다. 드디어 동물원이 보였다. 가슴이 뛰기 시작했다.

"낙타가 있다고 했어. 저곳에 낙타가 있단 말이야."

나도 모르게 허둥댔다.

동물원에 들어서자마자 '낙타 타기'라는 표지판이 보였다.

"낙타 탈 거면 표 끊으세요."

매표소 앞에 있던 직원이 더위에 지친 표정으로 말했다.

"안 타요. 그냥 보기만 할 거예요."

나는 낙타 탑승대 앞에서 줄을 선 사람들을 물끄러미 바라보았다. 어린이들이 더위도 아랑곳하지 않고 신나게 떠들고 있었다.

낙타에 어린이 두 명이 올라가자 조련사가 낙타 고삐를 잡아당겼다. 낙타기 고개를 들인다. 나와 눈이 마주쳤다. 낙타는 무표정으로 조련사와 함께 걷기 시작했다.

내가 아는 낙타는 모래바람을 거스르며 사람들을 이끌고 가야 했다. 아니면 새나가 말한 호주의 낙타처럼 자기 멋대로 사막이며 거친 초원을 달려야 했다. 그래야 할 낙타가 사람이 만든 오솔길을 맴돌고 있다니 어이가 없었다.

"저건 낙타가 아니야."

나도 모르게 투덜거렸다.

아이들을 태운 낙타의 뒷모습을 한참 바라보았다. 내 생각 따위는 아랑곳하지 않고 낙타는 오솔길을 타박타박 걷고 있었다.

낙타 등에 탄 어린이 두 명이 엄마를 보려고 뒤를 돌아보았다. 아이들 엄마가 손을 흔들며 소리쳤다.

"안 무섭지? 잘 타네."

"응, 하나도 안 무서워."

두 아이는 신이 나 손을 흔들어 댔다.

아이들을 태우고 오솔길을 한 바퀴 돌아온 낙타는 코를 씰룩거렸다. 아이들이 내리자 낙타는 다음 사람이 등에 오르기를 기다렸다.

한 커플도 기대에 찬 얼굴로 낙타를 탈 준비를 했다. 나는 낙타 탑승대 옆에 꼼짝 않고 서서 낙타를 계속 바라보았다.

낙타는 앞만 보고 묵묵히 걷기만 했다.

"낙타가 쉴 시간입니다."

조련사가 낙타를 데리고 우리 안으로 들어갔다.

잠시 후 조련사가 다른 낙타 한 마리를 끌고 다시 나타났다.

낙타 등에 덮인 천이 아까와는 달랐다. 걸음걸이도 더 생기 있어 보였다.

한 남자가 제 아이를 데리고 낙타 등에 오르려다 머뭇거렸다.

그러자 조련사가 어서 타라며 말했다.

"걱정 마세요. 얘는 아까 그 낙타보다 훨씬 젊고 건강합니다."

그 말에 남자는 선뜻 낙타에 올라앉아 아이를 받았다.

아이는 겁을 먹고 있었지만 아빠 품에 안기자 곧 해맑게 웃었다.

낙타가 다시 돌아왔다. 마지막까지 기다리고 있던 여자아이가 조심스럽게 낙타 등에 올라갔다.

"너도 탈 거니? 이 친구랑 같이 타면 되겠다."

조련사는 나를 보며 안장 뒤쪽을 가리켰다.

"표 안 끊었어요. 안 탈 거예요."

손을 저으며 뒤로 물러서자 조련사는 아이를 혼자 태운 채 낙타를 끌었다. 분명히 등이 가벼워졌을 텐데도 낙타는 아까와 똑같은 종종걸음으로 조련사를 따라갔다.

내가 찾는 낙타는 어디에도 보이지 않았다.

터덜터덜 동물원을 빠져나오자 맥이 풀렸다. 무거운 짐을 지고 꿈속을 걷는 기분이었다. 구름 속 같기도 하고 물속 같기도 했다. 낙타가 없는 사막을 나 혼자 걷고 있었다.

버스가 집 앞 정류장에 도착했다. 버스에서 내리는 사람들은 저마다 삑삑 소리를 내며 내렸다. 모두들 가지고 있던 교통 카드로 하차 확인을 하는 중이었다. 오늘따라 기계음이 묘하게 크게 들렸다.

나만 소리가 안 나면 어떡하지? 그럴 리 없는데도 소심해졌다. 나는 버스 단말기에 조심스럽게 카드를 댔다. 삑 소리가 났다. 아무도 내게 신경 쓰지 않았다. 문이 닫히고 버스가 떠났다. 정류장 벽에 기댔다. 한숨이 났다.

후유.

여기는 다시 사막이다. 모래바람에 한 걸음도 나아갈 수 없는 곳이다. 나를 이끌어 줄 낙타도 없이 나는 내 것이 아닌 짐들을 지고 어디로 어떻게 가야 하는 건지 막막하다. 그래도 무조건 걸어야 하는 게 싫다.

"나도 낙타가 있었으면……."

낙타가 걸어와 내게 고삐를 내주는 상상을 했다.

보이지 않는 길

짐을 버리고 싶었다.
사막 언덕을 미친 듯 뒹굴고 미끄러지다 보면
내 몸에 꽁꽁 묶여 있던 짐들이
하나둘씩 떨어져 나갈까?

대문을 열었다. 현관을 들어서는데 엄마 아빠가 싸우는 소리가 들렸다. 살그머니 현관문을 닫았다.

"말도 안 되는 소리 하지 마. 수리를 위해 다시 데리고 갈 거야."

싸움은 한참 전에 시작된 듯했다.

"이럴 거면 다 그만둬. 애가 싫어하는 거 알면서 왜 자꾸 데려 가겠다는 거야?"

"이게 얼마나 중요한 결정인지 당신이 몰라서 그래."

"모르긴 뭘 몰라. 수리 입장도 생각해야지. 나도 지금까지는 당신이 하자는 대로 따랐는데, 우리 이제라도 다시 생각해 보자."

"당신, 교육을 너무 단순하게 생각하는 거 아니야? 요즘은 그렇게 만만하지 않다는 거 알잖아. 남들처럼 해서는 수리를 제대로 키울 수 없단 말이야. 우리가 자랄 때와는 천지 차이란 거 몰라?"

엄마는 결코 질 것 같지 않았다.

"옛날이라고 만만했는지 알아? 아니, 지금은 수리 얘기만 하
자. 애가 견디지 못할 것 같아서 그래. 우리가 어떻게 할지 다 아니
까 도망간 거 아니냐고."

"무슨 소리야? 수리는 애들 꼬임에 넘어간 거라니까."

"그건 수리가 들어오면 알게 되겠지. 온다고 메시지도 왔으니까
좀 기다려 봐."

내가 있는 줄도 모르고 엄마 아빠는 목청을 돋우었다.

"너, 너!"

나를 발견한 엄마가 달려들며 내 어깨를 흔들었다.

"집안을 이렇게 뒤집어 놓고 어딜 갔다 온 거야?"

아빠는 안심한 듯 소파에 털썩 앉았다.

"그 카페인지 뭔지 하는 게 널 다 망친 거야."

엄마는 여전히 선 채로 나를 노려보며 말했다.

"엄마, 내 컴퓨터 뒤졌어요?"

내가 어이없다는 얼굴로 물었다.

"그게 뭐 어때서. 난 네 엄마인데 못 할 게 어디 있어? 네가 한
짓은 어떻고?"

엄마는 내 입에서 아무 말도 나오지 않을 때까지 몰아가려는
기세였다.

가족 여행을 망친 원인도 내가 아니었다. 나를 망친 악당을 또

하나 찾아낸 것이다. 엄마가 기어이 찾아낸 범인은 바로 '날아 볼까'였다.

엄마는 절대로 나를 나쁜 애로 만들지는 않았다. 내 생각은 중요하지 않았다. 끝까지 나를 곱디고운 공주로 남겨 두려는 모성이 대단했다.

"이제 애꿎은 사람들까지 다 찾아내서 험담하네요."

"너를 이렇게 만든 것들을 두고 볼 순 없어. 당장 없애 버려야지."

엄마 말에 가슴이 덜컹 내려앉았다. 엄마는 정말 그럴 수 있는 사람이었다.

"그것과 상관없어요. 이번에 가면 한국에 다시 오지 못할 거 같아서 나간 거예요. 난 영국 가기 싫어요."

혹시라도 '날아 볼까' 회원들에게 화가 미칠까 한 걸음 뒤로 물러섰다. 내게 따뜻한 행성이 되어 줄 수도 있는 곳을 망칠 수 없었다.

"남보다 잘살게 해 주려고 애쓰는 부모를 보면서 고맙다고는 못할망정 네 맘대로 하겠다고?"

엄마는 계속 비아냥거렸다.

"남보다 잘사는 게 어떤 건데요? 다른 사람들 무시하면서 남들보다 잘살고 싶은 마음 없어요."

"쓸데없는 소리 하지 마. 널 지금처럼 엇나가게 둘 순 없어. 제대로 살게 해야지."

"제대로 사는 게 뭔데요?"

"내 자식답게."

모든 걸 마음대로 생각해 버리는 엄마가 무서웠다.

"그게 어떤 건데요? 왜 나답게가 아니고, 엄마 자식답게예요?"

내가 바락바락 대들며 물러서지 않자 아빠가 벌떡 일어났다.

"수리야, 엄마한테 그게 무슨 말버릇이야? 일단 네 방으로 올라가라. 당신도 이제 그만해."

내 방으로 가려고 휙 돌아섰다. 순간 엄마가 내 뒷덜미를 확 잡아챘다. 엄마는 아직 할 말이 많이 남아 있는 듯했다.

나는 엄마에게 잡힌 손을 털어 내듯 어깨를 뺐다. 이 층 내 방으로 뛰어 올라왔다.

"아무 말도 안 들을 거야!"

악을 쓰는 내 목소리가 방을 넘어 엄마에게 들렸을 텐데 반응이 오지 않았다. 집 안이 고요했다.

나는 방에서 꼼짝하지 않았다. 방문은 이미 잠가 버렸다. 이제 아무도 날 방해할 수 없다.

분노와 무기력이 뒤엉킨 답답한 여름을 창밖으로 내다보았다. 내가 갈 길이 전혀 보이지 않았다. 자다 일어나다를 반복했다. 대화 상대는 컴퓨터 모니터가 전부였다. 내가 받아들이기로 한 세상이었다.

게임을 시작했다. 번번이 졌지만 이기려고도 하지 않았다. 컴퓨터를 켜 놓은 것으로 만족했다. 거기서 나오는 신경질적인 소음, 괴기한 음악 소리가 넋을 놓고 있는 나를 깨웠다.

나를 옭매지 않는 누군가, 아니 무언가 있다는 것이 내게는 큰 위안이었다. 그것마저 없으면 내 몸이 조금씩 말라 모래바람으로 사라질 것 같았다.

엄마가 그물을 치고 있는 세상으로 나가기는 싫었다. 거기에 마노와 진아 패거리들까지 언제 다시 나를 낚아챌지도 모를 일이다. 끌려다니기는 이젠 싫었다. 이곳이나 밖이나 어디든 나를 찾기 어려운 건 똑같지만 적어도 내 방은 모든 이들로부터 안전한 공간이었다.

밖에서 엄마가 어떤 계획을 꾸미고 있을지 생각할수록 몸서리쳐졌다. 나를 위한다는 핑계로 다른 이들을 함부로 대하는 엄마의 냉랭한 표정이 눈앞에 그려지고 날 선 목소리가 귀에서 앵앵거리면 두 눈을 질끈 감고 귀를 막았다.

나 때문에 상처받은 사람들이 많았다. 그들 때문에 생긴 내 상처는 나 혼자 삭여야 했다. 엄마가 멈추지 않는 한 나을 수 없는 상처다.

게임에 익숙하지 않아 오래 집중할 수는 없었지만 컴퓨터를 켜고 게임을 하는 동안은 나를 조금은 잊을 수 있었다. 배도 고프지 않았다.

새나에게 전화가 왔다.

"아직 영국 안 갔구나. 언제 가?"

"아무 데도 안 갈 거야."

"응? 그럼 지금 집이야?"

"아니, 사막. 사막에 혼자 있어."

"사막?"

새나는 놀라는 것 같았다.

"응, 내가 있는 곳은 어디고 다 사막이야."

"그런 말이 어디 있어? 공주님이 사막에 혼자 있다니 진짜 안 어울린다."

새나는 장난스럽게 웃었다.

"정말이야. 난 사막 한가운데에 있어. 길을 잃었어."

"사막에서 길을 찾으려면 낙타가 있어야지. 낙타가 오아시스 있는 곳으로 널 안내할 텐데."

새나의 말이 단비 같았다.

"그렇지? 나도 지금 낙타가 필요해."

"그래, 간절히 불러 봐. 낙타가 어디선가 짠 하고 나타나겠지."

새나는 농담으로 내 말을 받아 주었지만 나는 진심이었다.

석양이 공원 마루를 타고앉아 내려갈 듯 내려갈 듯 느물거렸다. 커튼을 내렸다. 자고 싶었다. 될 수 있는 한 오래, 아무 생각도 하고 싶지 않았다.

잠결에 나를 부르는 소리가 들렸다. 부스스 잠에서 깨었지만 일어나지 않았다. 아무 소리도 나지 않을 때까지 기다렸다.

"계속 이럴 거야?"

엄마 말에 나는 대답하지 않았다.

잠긴 문을 열쇠로 여는 소리가 들렸다. 나는 자는 척 꼼짝하지 않았다.

"아유, 이게 어디 찜통이지 사람 사는 방이니?"

엄마가 들어오자마자 불을 켜고 에어컨을 틀었다. 차가운 바람이 웽 소리를 내며 어깨에 닿았다.

"바람 싫어요!"

내가 이마의 주름을 잡으며 말했지만 엄마는 막무가내로 리모컨 버튼을 눌렀다.

"그래도 방 온도부터 내려야지. 좀 기다려."

나는 홑이불을 머리끝까지 뒤집어썼다.

"배도 안 고프니? 어서 내려와 밥 먹어. 방문은 잠그지 마. 열쇠로 열기 성가시니까."

엄마는 쌩하니 방을 나갔다.

나는 침대에서 내려와 에어컨을 끄고 천천히 주방으로 내려갔다. 냉장고에 있는 생수병 두 개를 들고 방으로 올라왔다. 방문은 잠그지 않았다. 어차피 엄마가 어떤 식으로든 문을 열고 말 테니까.

누군가 노크를 했다. 대답을 하지 않자 다시 노크 소리가 들리더니 조심스럽게 방문이 열렸다. 아빠였다.

"수리야, 여행은 어차피 못 가게 된 거니 신경 쓰지 마. 다음 기회에 가면 되니까."

"여행은 안 가요. 사촌들이 있는 곳으로 날 데려가려고 하지 마세요."

나는 차갑게 말했다. 아빠는 내게 잔소리 같은 건 하지 않지만 그렇다고 내 편도 아니다. 나에게 별말을 하지 않는다는 건 엄마 의견에 언제나 동의한다는 것이다.

"엄마 말을 들으니 학교가 문제가 많다는데 걱정이다. 아빠도 네가 거친 애들 틈바구니에서 학교를 다니는 게 마음에 걸려. 환경이 좋아야 공부도 잘되는 거니까."

아빠는 최대한 내게 호의적으로 이야기했다.

"아빠 어릴 땐 어땠어요? 엄마하고 달리 아빠는 학교 이외에는 가 본 적이 없다 그랬죠?"

"그래, 집이 너무 가난해서 내가 할 수 있는 건 학교 공부밖에 없었어. 내가 성공할 수 있는 방법도 공부였고, 우리 집을 살릴 수 있는 방법도 공부밖에 없었으니까. 우리 형제들이 다 그랬지. 너도 삼촌들과 고모들이 지금 어떻게 살고 있는지 알잖아."

"그건 삼촌과 고모들이 선택한 길이었잖아요. 둘째 고모는요? 지금 그리스에 살고 있다는 고모는 왜 그런 선택을 안 했어요?"

"둘째 고모는 좀 달랐어. 똑같은 현실인데 고모는 그걸 힘겨워했어. 결국 갖은 아르바이트를 하며 고등학교를 졸업하자마자 고향을 떠났지. 혼자 독립하겠다고 하더니 몇 년 뒤 한국을 떠났어. 할머니 할아버지랑 형제들이 걱정했지만 뜻을 굽히지 않았지."

"그것 보세요. 남들이 다 좋은 길이라 해도 어떤 사람은 그게 싫을 수 있잖아요. 난 그리스 고모가 부러워요."

"그런 얘긴 엄마 앞에서 하지 마라. 엄마는 그리스 고모 이야기 듣는 걸 싫어해. 제멋대로 사니 남들처럼 번듯한 인생은 이루지 못했다고 확신하거든."

"번듯한 게 뭔데요? 웬만큼 성공한 사람이 아니면 아무것도 아니라고 생각하는 건 엄마 특기예요. 아빠도 둘째 고모가 번듯하게 못 산다고 생각해요?"

"아니다. 사실 가끔 네 둘째 고모가 생각난다. 기댈 수 없는 곳에 연연하지 않고 독립했으니 그 용기가 대단해. 기특하고 대견한 동생이야. 안쓰럽기도 하고. 외국에서 혼자 버텨 나가기가 쉽지 않았을 거야. 그런 용기로 여기서 우리처럼 공부했으면……, 하긴 오죽하면 여길 떠났겠냐마는……."

아빠는 한동안 말이 없었다.

"어쨌든 이곳에 남은 우리 형제들은 모두 풍족한 삶을 살고 있잖아. 넌 지금 남들이 하고 싶어도 할 수 없는 것들을 다 할 수 있으니 얼마나 행복하니? 그건 아빠가 바라던 세계야. 너는 그보다 더 잘할 수 있어. 힘내."

아빠가 내 어깨를 다독여 주었다.

대답을 할 수 없었다. 나를 위로하겠다며 온 아빠 역시 엄마의 든든한 지원군이었다.

내게 소리 한 번 지르지 않는 아빠지만 아빠 얼굴에서 집안 형제들에 대한 자부심과 고집스러움이 보였다. 나는 아빠를 넘어설 용기도 의지도 없다. 엄마 아빠의 의지 말고 내 의지 따위가 자리 잡을 공간은 처음부터 존재하지 않았다. 나는 옆에 있던 생수병 뚜껑을 열고 꿀꺽꿀꺽 물을 마셨다. 아빠는 간식거리라도 챙겨 올 걸 그랬다며 내려갔다.

얼마 뒤 방문이 다시 열렸다. 도우미 아줌마가 쟁반에 음식을

담아 들고 왔다. 아줌마는 나를 걱정스러운 얼굴로 바라보더니 아무 말 하지 않고 내려갔다.

아줌마는 내게 어떤 위안의 말도 격려의 말도 할 수 없었다. 엄마의 눈치를 봐야 하는 아줌마는, 아줌마가 하는 일에만 충실하면 됐다. 우리 집에 들어와 엄마에게 수고비를 받는 모든 사람들은 그 규칙을 따라야 했다.

아줌마가 나간 뒤, 나는 한밤중에 밥을 먹기 시작했다. 밥을 오물오물 씹어 먹고 있는데 낙타가 입을 오물거리던 모습이 생각났다. 정해진 오솔길을 걷는 무기력한 낙타와 나는 다를 게 없었다.

나는 길을 잃었다. 등에는 내 몸뚱이보다 더 큰 짐들이 나를 짓누르고 있다. 눈과 귀가 있지만 볼 수도 들을 수도, 혼자서는 절대로 걸을 수도 없는 병든 공주 인형이다.

내 등의 짐을 보고 달려올 낙타가 어디 있기나 할까.

짐을 버리고 싶었다. 사막 언덕을 미친 듯 뒹굴고 미끄러지다 보면 내 몸에 꽁꽁 묶여 있던 짐들이 하나둘씩 떨어져 나갈까? 그러면 낙타가 어디선가 내게 달려와 고삐를 내줄지도 모르지. 그걸 잡고 오아시스로 가고 싶었다.

쟁반을 한쪽에 치워 놓고 누웠다. 내가 지고 있는 짐을 버릴 방법도 나를 위한 낙타가 있기나 한 건지도 알 수 없었다. 낙담한 채 새벽에야 잠이 들었다.

울타리 안에서

고집스럽게 자리를 지키고 있는
낙타에게 어울리는 이름이 생각났다.
특별한 낙타.

눈을 떠 시계를 보니 11시였다. 어제 먹었던 음식들이 치워져 있었고 에어컨도 아주 약하게 켜져 있었다.

탁자 위에 메모가 있었다.

– 밥 차려 놓았으니 먹고 기다려. 엄마가 데리러 올게.

어디로 가려고 하는 걸까? 이젠 내가 원하지 않은 곳엔 가지 않을 거다. 그렇다고 딱히 가고 싶은 곳이 있는 것도 아니다. 그냥 내버려 두면 좋겠다.

방문을 열고 내려갔다. 식탁에 차려진 음식마다 깔끔하게 뚜껑이 덮여 있었다. 먹고 싶지 않았다. 물만 꿀꺽꿀꺽 마셨다.

집 안에 인기척은 없었다. 누구의 관심도 받지 않고 나갈 수 있는 유일한 기회였다. 세수를 했다. 거울에 비친 내 모습은 부스스했다. 상관없었다.

버스 정류장으로 가야 했다. 동물원에 다시 가 볼 작정이었다.

갈 곳을 모르고 헤매는 것으로 치면 끌려온 낙타나 내가 다를 바가 없었다. 한 번 가 보았던 길이라 동물원으로 가는 길이 어렵지 않았다. 버스를 갈아타며 동물원에 도착했다.

이번엔 낙타를 타 볼 생각이었다. 나처럼 꼼짝없이 갇힌 채 인형 노릇을 하는 낙타를 타고 우리의 처지를 한없이 비웃어 볼 생각이었다.

막상 표를 끊고 나니 낙타 타기가 겁이 났다. 꾹 참고 탑승대에서 차례가 오기를 기다렸다. 지난번에 왔을 때와 달리 줄 선 사람이 많지 않았다.

낙타가 내게 고개를 돌렸다. 깜짝 놀라 나도 모르게 뒷걸음쳤다. 낙타와 눈이 마주치자 낙타가 나를 뚫어지게 보았다.

'나를 보고 무슨 생각을 할까?'

나도 낙타의 눈을 피하지 않았다.

대형 전광판에서 보던 낙타처럼 대상을 이끌며 사막을 누벼야 할 낙타가 여기 이러고 있다니 한심했다. 사람이나 태우고 하루를 보내는 완전한 패배자였다.

내 생각을 알아챈 듯 낙타가 입과 코를 씰룩거렸다. 어쩌면 낙타는 도망치듯 집을 나온 나를 알고 있는 건 아닐까?

후유.

한숨이 나왔다. 내 숨결에서 좀 전에 걸어왔던 아스팔트의 열기가 느껴졌다. 사막이 내 안에서 마구 쏟아져 나오고 있었다.

낙타가 내 앞에 있던 손님을 태우려고 했다.

"나는 여기가 사막인데, 네가 있어야 할 사막은 어디니?"

낙타를 보니 측은해져 중얼거렸다.

낙타가 갑자기 내게 침을 뱉었다.

"아, 뭐야!"

사방으로 흩어진 침이 몸에 튀지는 않았지만 기분이 나빴다.
내가 인상을 쓰자 조련사가 놀란 얼굴로 나를 보았다.

"어이쿠! 미안하다, 얘야."

내게 다가온 조련사가 당황한 듯 어쩔 줄 모르더니 주머니에서
수건을 꺼냈다.

"묻지는 않았어요."

조련사가 낙타의 고삐를 홱 잡아당겼다.

"손님한테 못되게 굴다니!"

조련사가 낙타를 나무란 뒤 낙타와 손님을 데리고 계획된 구간
인 오솔길을 걸었다.

나는 벌겋게 달아오른 얼굴로 차례를 기다렸다. 한 바퀴를 돌
아온 조련사에게 물었다.

"낙타가 왜 저한테 침을 뱉은 거예요?"

내가 짜증 난 목소리로 물었다.

"기분이 나빴나 봐."

조련사가 표를 달라며 손을 내밀었다.

"얜 싫어요. 다른 애도 있던데 그 낙타를 타면 안 돼요?"

"걘 지금 쉬는 시간이야. 마지막 손님 태우고 난 후에 얘도 데리고 들어가려고. 늙어서 체험장에 오래 둘 수가 없어. 기분도 별로 좋지 않은 것 같고."

조련사가 말했다.

"아저씨는 낙타 기분을 어떻게 알아요?"

"얘랑 십 년 넘게 지냈는데 기분을 모를 리 있겠니? 얘도 그럴걸. 내가 저를 아끼는 것도 다 알고. 그래서 나한테는 함부로 하지 않는가 보다."

조련사가 웃으며 손을 내밀었다. 표를 주자 조련사는 내가 낙타 등에 오를 수 있게 손을 잡아 주었다.

낙타 등에 오르자 혹시나 나를 흔들어 떨어뜨리지는 않을까 겁이 났다. 낙타는 고개를 앞으로 한 채 꼼짝 않고 서 있었다.

"그런데 아까 낙타한테 뭐라고 한 거였니?"

조련사가 물었다.

"낙타에게 네가 있어야 할 사막은 어디냐고 물었어요. 동물원에 갇혀 있는 게 안돼 보여서 저 혼자 중얼거린 것뿐이에요."

"그렇게 생각하고 있었으니 네 표정이 좋았을 리는 없었겠구나.

낙타가 그걸 보고 비웃는다고 생각했을까? 아, 아니, 나도 잘은 모르겠다. 하여튼 자기를 뭐로 보느냐 이런 거겠지. 자기는 남의 동정이나 받는 그런 낙타가 아니라고. 하하. 내가 생각하기엔 그래. 이 녀석을 이제껏 보아 온 조련사로서 말이다."

조련사가 너털웃음을 지었다. 그의 말이 그럴듯했다.

"어쨌든 낙타가 화가 나서 침을 뱉은 건 확실하네요."

내가 섭섭해하자 조련사는 낙타 고삐를 한 번 흔들며 낙타에게 물었다.

"그래서 화났던 게 맞니?"

낙타는 가만히 제가 가야 할 길만 보고 있었다.

"낙타 대답이 듣고 싶긴 하네요."

솔직한 심정이었다.

"하여튼 이 녀석이 요즘 무척 예민해 있어서 나도 조심하고 있지. 네가 마지막 손님이라 다행이다."

낙타는 조련사가 이끄는 대로 천천히 걸었다. 터벅터벅 걸을 때마다 내 몸이 한쪽으로 기우뚱거렸다. 나는 중심을 잃지 않으려고 손잡이를 잡은 손에 잔뜩 힘을 주었다. 낙타는 묵묵히 걷기만 했다.

"얘는 어디서 왔어요?"

"호주에서 왔지."

"사람들이 키우다 버렸다는 야생 낙타예요?"

"잘 아는구나. 얘는 그중에서도 특별히 더 강인한 낙타였을 거야."

강인한 낙타였다고?

나는 조련사의 말을 이해할 수 없었다. 사막도 아닌 동물원에서, 더구나 이 늙은 낙타에게 강인함이란 단어는 어울리지 않았다.

"자, 조심해서 내려라."

내가 낙타에서 내리자 낙타는 콧잔등을 찡그리며 고개를 쳐들었다.

"이제 얘도 쉴 시간이다."

조련사가 낙타 고삐를 잡아끌었다.

"낙타를 조금만 더 볼 수 있어요?"

"그러렴. 구경하는 거야 누가 뭐라고 하겠니? 저쪽으로 돌아오면 볼 수 있단다."

조련사는 낙타를 데리고 들어갔다.

나는 조련사가 가리킨 곳으로 걸어갔다. 낙타가 우리 안으로 들어오고 있었다. 낙타는 내겐 관심 없다는 듯 한쪽 구석에 쭈그리고 앉았다. 뭉툭한 무릎이 곧 꺾어질 것 같았다. 낙타는 바닥에 턱을 댄 채 꼼짝도 하지 않았다. 너무 늙어서 제 머리조차 무거워하는 게 아닐까 측은해 보였다.

갑자기 엉뚱한 생각이 들었다.

'혹시 마음껏 달렸던 사막이 신기루처럼 눈앞에 보이는 건 아닐까?'

그럴지도 모를 일이다. 무리를 이끌던 제 모습을 자랑스럽게 바라보고 있을지도 모른다. 늙은 낙타가 갑자기 특별해 보였다. 고집스럽게 자리를 지키고 있는 낙타에게 어울리는 이름이 생각났다.

특별한 낙타.

'특별한 낙타야, 잘 있어.'

낙타에게 이름을 지어 주고 돌아섰다.

낙타의 꿈

난 사람들 틈에 살면서 늘 사막을 꿈꾸곤 했어.
오아시스는 내가 살아가는 이유야.

집에 돌아와서도 낙타 생각만 났다.

'바닥에 턱을 대고 무슨 생각을 하고 있었을까?'

'무리를 이끌던 사막에 다시 가고 싶었을까?'

끊임없이 이어지는 생각으로 낙타에 대한 호기심과 궁금증이 더해졌다. 인터넷에서 낙타를 찾아보았다. 먼저 새나가 말한 호주 야생 낙타를 검색했다. 엇비슷한 글들의 내용은 대강 이랬다.

호주의 낙타는 교통수단으로 쓰려고 인도와 아라비아에서 들여왔다. 자동차가 등장하자 낙타는 쓸모가 없어져 사막에 풀어놓았다. 야생이 되어 버린 낙타는 엄청나게 번식하여 호주의 골칫덩어리가 되었다.

새나가 말한 그대로였다. 낙타 찾기를 계속했다. 동물원에서 만

났던 '특별한 낙타'는 혹이 하나인 단봉낙타였다. 대형 전광판으로 처음 보았던 낙타도 같은 종류였다.

혹에 저장된 지방으로 낙타는 물 한 방울 마시지 않고 일주일을 견딜 수 있어 사막에서는 꼭 필요한 동물이라고 했다. 모래바람을 이겨 낼 수 있게 진화된 낙타는 몇 킬로미터 떨어진 곳의 물 냄새도 맡을 수 있고 새끼가 위험할 때는 시속 육십 킬로미터 정도의 속도로 달릴 수 있는 동물이라고 했다. 놀라운 능력이다.

숫자로 적힌 속도는 어느 정도인지 가늠할 수 없지만 낙타가 제 새끼를 구하기 위해 죽을힘을 다해 달릴 때가 바로 그 속도일 거라는 생각이 들었다.

지금 우리 엄마도 날 위해 그 정도의 속도로 달리고 있는 게 분명하다. 하지만 남이 가르쳐 준 최상의 코스로 무작정 달려가고 있을 뿐, 그곳에 내가 없다는 생각을 눈곱만큼도 하지 못하고 있다.

의자에서 일어나 창문을 열었다. 열대야로 후덥지근한 기운이 얼굴을 훅 감쌌다. 사막은 어떤 느낌일까? 잠을 이룰 수가 없었다. 코를 움찔거리던 낙타의 모습이 떠올랐다. 정말 물을 찾고 싶은 걸까?

가물가물 잠이 밀려왔다. 저 멀리 낙타 한 마리가 우뚝 서 있었다. 낙타가 나를 향해 천천히 걸어왔다. 나를 본 게 분명했다.

가까이서 보니 낙타 체험장에서 만난 '특별한 낙타'였다. 낙타 등에 등받이 의자 모양의 안장은 없었다. 그 때문인지 낙타는 훨씬 우람하고 자신감이 넘쳤다. 털도 윤기가 돌았다.

낙타가 무릎을 굽히고 앉아 나를 보았다. 어서 타라는 신호였다. 우리는 오래전부터 잘 알던 사이였다. 나는 봉긋이 솟은 낙타 등에 올라탔다. 체험장에서 본 알록달록한 안장은 없었지만 오히려 편안하고 자연스러웠다. 낙타가 고개를 쳐들었다. 그가 코를 씰룩거리는 모습이 등 뒤에서도 보였다.

"무슨 일이야?"

내가 물었다.

"물 냄새를 맡았어. 분명히 오아시스야. 내가 찾던 오아시스."

낙타는 들뜬 목소리로 말했다.

나는 낙타처럼 코를 움찔거려 보았다. 아무 냄새도 맡을 수 없었다.

"물 냄새라니, 도대체 어떤 냄새지?"

"먼 곳에서 모래바람에 섞여 날아오는 물 냄새야."

내 물음에 낙타가 대답했다.

"물 냄새를 어떻게 알아? 이곳에도 물이 있잖아?"

"그건 내가 찾는 물이 아니야. 오아시스만이 주는 특별한 냄새가 있어. 더 늦기 전에 가야 해."

"오아시스? 거기가 어딘데?"

가야 할 곳을 확실히 몰라 은근히 겁이 났다.

"의심할 필요 없어. 나는 엄마 배 속에 있을 때부터 내가 찾는 물 냄새를 알아. 물 냄새는 내게 생명과 같아. 이곳에는 내가 먹을 물이 언제든 눈앞에 놓여 있지만, 내가 찾아낸 물이 아니야. 너무 풍족해서 내가 사육되는 물이지. 난 사람들 틈에 살면서 늘 사막을 꿈꾸곤 했어. 오아시스는 내가 살아가는 이유야. 내가 그 물 냄새를 기억하는 한 나는 누가 뭐래도 낙타야."

낙타는 도도하게 턱을 치켜들었다. 머뭇거릴 이유가 없었다.

"좋아, 어서 가자."

천천히 걷던 걸음이 점점 빨라지더니 어느새 낙타는 제가 달릴 수 있는 최고의 속도로 달렸다.

왜 꼭 그 오아시스여야 하는지 낙타가 자세히 말하지 않았지만 어쨌든 낙타는 그곳을 향해 가야 했다. 어쩌면 그곳에 '특별한 낙타'의 가족이 기다리고 있는지도 모른다.

낙타는 내게 우리가 찾아낸 물을 마시고 나면 나도 진짜 내가 된다고 했다. 나는 그 말을 믿고 싶었다. 그렇다면 그 오아시스는 나도 꼭 찾아야 할 장소였다. 오아시스를 어서 맛보고 싶었다. 낙타와 함께라면 어디라도 갈 수 있었다.

낙타는 계속 달렸다. 달리던 낙타가 날기 시작했다. 나는 한껏 부풀어 소리를 질렀다. 특별한 낙타가 특별한 오아시스가 있는 곳을 향해 쉬지 않고 날았다.

머리를 젖힌 낙타는 쉴 새 없이 코를 움찔거렸다. 무언가 내 콧속을 스치는 느낌이 들었다. 분명히 물 냄새였다. 오싹 소름이 돋았다. 물기를 잡으려는 듯 살갗에 있던 솜털이 다 일어섰다. 나는 눈을 감고 집중했다. 물 냄새를 놓칠 수 없었다.

전광판에서 본 비행기와 그 비행기 아래 보이던 눈 쌓인 산맥들을 지나고 있었다. 갑자기 낙타의 코가 무척 빨리 움직였다. 왠지 모를 불안이 몰려왔다. 물 냄새가 더 이상 나지 않았다. 그러고 보니 살갗을 뚫고 나올 듯 돋았던 소름도 온데간데없었다.

낙타의 속도가 급격하게 줄기 시작했다. 그렇지만 낙타에게 이유를 물어볼 수 없었다. 낙타는 온통 물 냄새에만 집중해야 했다. 이미 물 냄새를 놓친 나는 낙타 등에 꼭 붙어 있었다. 낙타를 놓치는 순간 영원히 오아시스를 찾을 수 없을 것 같아 두려웠다.

나는 주위를 둘러보며 낙타가 멈추기를 기다렸다. 이상했다. 내 몸이 낙타와 함께 바닥으로 떨어지고 있었다. 낙타는 몸이 굳어버린 듯 뻣뻣했다. 마치 거대한 낙타 인형 같았다. 낙타의 불룩한 혹이 점점 줄어들었다.

"더 이상 갈 수가 없어. 온 힘을 다해 달렸는데 오아시스가 보이지 않아. 분명히 물 냄새였는데. 난 그 냄새를 확실히 알거든."

낙타가 종잇장처럼 가볍게 모래 바닥에 떨어졌다. 몸에는 아무런 충격이 없는데 가슴이 찢어질 듯 아팠다.

낙타가 앞다리를 털썩 굽히며 앉았다. 내 몸이 휘청하며 앞으로 고꾸라질 뻔했다. 낙타는 머리를 땅에 대고 들 생각을 하지 않았다.

"이젠 나를 믿을 수 없어. 분명히 물 냄새였거든. 갈 수 있었는데……."

낙타가 엎드린 채 말했다. 그의 목소리는 숨이 끊어질 듯 심하게 그르렁거렸다. 낙타는 안간힘을 다해 고개를 치켜들었다. 움찔거리던 코가 멈췄다.

"난 이제 아무것도 아니야. 한 발자국도 움직일 수 없는데 이 혹이 무슨 필요가 있어! 부끄러운 짐이야."

낙타가 괴성을 질렀다.

그러자 낙타 등은 볼품없이 쭈그러지기 시작했다.

"걱정하지 말고 힘을 내. 혹이 살아나야 다시 달릴 수 있지."

낙타 등을 어루만졌다.

"난 더 이상 물 냄새를 맡을 수 없을까 봐 겁이 나."

아무리 위로해도 낙타는 꼼짝하지 않았다. 말할 수 없이 슬픈 표정이었다.

쭈그러든 낙타의 등이 낙타가 짊어질 수 있는 어떤 무거운 짐보다 더 힘겨워 보였다. 더 이상 꿈을 꿀 수 없는 듯 낙타는 다시 고개를 숙였다. 낙타가 울었다. 나는 깜짝 놀라 낙타의 등에서 내렸다. 나 하나라도 무게를 덜어 주고 싶었다.

낙타는 곧 바닥에 납작납작 스며들더니 어느새 사막의 모래가 되어 버렸다. 낙타가 흘린 눈물로 바닥이 축축했다. 젖은 모래를 손 안 가득 잡고 사라진 낙타를 불렀다. 깜깜한 사막 한가운데서 나는 혼자였다. '특별한 낙타'는 돌아오지 않았다. 낙타 없이 나는 어디에도 갈 수가 없었다.

낙타가 사라진 자리에서 울다 눈을 떴다. 아직 한밤중이었다. 내 등을 만져 보았다. 편편한 등. 순간 너무 놀라 침대에서 떨어질 뻔했다. 진땀이 났다.

"아, 난 낙타가 아니지."

손바닥으로 땀을 훔치며 안도의 숨을 쉬었다. 아무리 생각해도 아쉬웠다. 등에 있던 혹이 사라지고 모래가 되어 버린 '특별한 낙타'는 어디로 갔을까.

"좀 더 힘을 냈으면 오아시스를 찾을 수도 있었는데…… 다시 잠이 들면 낙타가 살아날까? 제발 그랬으면……."

내게 온 낙타를 살리려고 다시 눈을 감았다. 잠은 오지 않고 낙타 울음소리만 들렸다.

오아시스

물 냄새를 맡는 한 너는 낙타야.
언젠가 오아시스를 찾을 수 있을 거야.

시끄러운 소리에 눈을 떴다. 아래층에서 엄마 아빠가 싸우는 소리였다. 이제껏 집 안에서 이렇게까지 큰 소리를 내며 싸운 적은 없었다. 아빠는 가능하면 말을 안 하는 성격이었다. 엄마의 선택이 옳다고 생각했기 때문이기도 했지만, 특히 교육에 관한 한 엄마의 의견을 충분히 존중해 주고 있었다.

"그게 무슨 말이야? 수리가 학교에서 쓰러졌었다고? 게다가 매사에 무기력해 보인다니 이상하잖아. 그런 것을 왜 진작 안 말했어? 수리가 왜 그랬는지 이유는 알아?"

아빠는 무척 화가 났는지 숨도 쉬지 않고 엄마를 몰아쳤다.

"내가 당신한테 괜한 말을 했네. 그땐 내가 도착하기도 전에 깨어나 있었어. 병원에서도 특별한 이상은 없다고 했고. 그리고 이제 중학생이니 초등학생 때보다 해야 할 일이 많아진 건 사실이잖아. 처음에는 좀 감당하기 힘들겠지만 곧 괜찮아져. 내가 옆에 있는데 무슨 걱정이야?"

엄마는 역시 당당했다.

"걱정할 게 없다니. 난 정말 이해할 수가 없어. 말없이 잘 따라오던 수리가 이렇게 힘겨워하는데 당신은 당신 욕심만 채우고 있잖아. 당신은 그게 문제야."

"내 욕심이라니! 수리는 내게 누구보다 중요해. 그렇다고 하고 싶은 대로 내버려 두었다가는 수리를 능력 없는 바보로 만들게 뻔한데, 그렇게 둘 수는 없잖아."

만만치 않은 엄마를 향해 아빠가 몹시 화가 나 소리쳤다.

"다 그만둬! 공부고 유학이고 이제 난 당신 뜻대로 휘둘리지 않을 생각이니까. 나는 당신 말만 듣고 수리를 나무랐는데, 이제 보니 우리가 수리에게 너무 미안한 짓을 했어. 이제껏 수리가 우리에게 원하는 걸 말한 적이 있었어? 나는 한 번도 못 들었어. 모두 당신이 하자고 한 일뿐이잖아. 수리가 하고 싶은 일들이 얼마나 많을 텐데…… "

"당신 같은 생각으로 애를 어떻게 키워? 하나밖에 없는 딸을 평범한 사람으로 키우자는 거야? 수리도 그걸 원하지는 않을걸!"

"아직도 그런 치졸한 생각에서 벗어나지 못했다니 당신한테 정말 실망이야."

아빠가 나가는 소리가 들렸다. 시계를 보았다. 아빠가 출근할 시간이 조금 지나 있었다. 엄마가 올라오는 소리가 들렸다. 나를 불렀지만 이불을 덮고 계속 자는 척했다. 엄마의 한숨 소리와 혀를 차는 소리가 이어졌다. 문 닫히는 소리가 났다.

아빠는 엄마에 대한 믿음이 많이 달라진 것 같았다. 내가 어떻게 해야 하는 건지 모르겠다. 갈수록 내 머릿속이 더 혼란스러웠다. 안 보고 안 듣는 게 나았다. 지난밤 꿈을 생각하니 더 울적했다.

또다시 동물원으로 갔다. 낙타가 보이지 않았다. 가슴이 툭 내려앉았다.

"낙타에게 무슨 일이 일어난 게 틀림없어."

혹시나 하여 낙타 우리를 빙 돌았다. 우리 안쪽 사육장에 나무로 된 문이 보였다. 문은 열려 있었다. 조심스럽게 문 안쪽을 바라보았다. 햇빛에 눈이 부셨다. 문밖으로 낙타가 얼굴을 내밀었다.

낙타가 천천히 문밖으로 나왔다. 나도 모르게 안도의 숨을 쉬었다. 반가운 친구를 만난 듯 숨을 죽이고 낙타를 바라보았다.

안장을 벗은 낙타가 햇살에 밀려 내게 오고 있었다. 꿈에서 본 그 모습이었다. 한껏 솟은 그의 등이 위엄 있고 당당해 보였다.

낙타가 허공으로 코를 들어 올리더니 보란 듯이 등을 털었다. 혹은 사라지지도 떨어져 나가지도 않았다. 이젠 안심이다. 낙타가 가까이 오기를 기다렸다.

'날 모른 척하면 어쩌지?'

조바심이 났다. 뒤에서 조련사 목소리가 들렸다.

"또 왔구나. 낙타가 안장을 벗으니 더 멋지지 않니?"

뒤를 돌아보았다. 조련사는 무언가 들고 지나가는 중이었다.

"사막에 있으면 저 등이 더 빛날 텐데……. 오아시스를 찾아 나서기엔 정말 완벽한 등이지."

"멋지긴 하지만 이곳이 사막도 아닌데 저렇게 높은 등이 필요할까요?"

"그래도 저 혹이 없으면 누가 저 애를 낙타라고 하겠니? 하하. 내가 생각하기엔 너도 참 특별한 아이 같다. 낙타에 이렇게 관심을 갖는 학생은 처음이야. 아, 이제 낙타 체험은 당분간 없을 거다."

조련사가 우리 건너편으로 걸어갔다.

낙타 우리로 고개를 돌렸다. 눈부신 햇살이 내 주변의 공기를 싹 빨아들이는 느낌이 들었다. 진공 상태가 된 듯 귀가 먹먹했다.

낙타가 천천히 내게 다가왔다. 낙타는 여전히 빛나고 있었다. 특별한 낙타가 나를 빤히 바라보았다. 눈썹에 그늘진 낙타의 눈이 슬퍼 보였다.

"이곳이 사막이라면 넌 얼마나 좋을까. 너는 지금 낙타 우리에 갇혀 있어서 슬프고, 나는 보이지 않는 울타리에 갇혀 숨이 막히네. 그래도 넌 꿈이 있잖아. 내 꿈은 오직 엄마 아빠만 상상할 수 있어. 나도 오아시스를 찾고 싶어."

내가 말하는 동안 낙타는 움직이지 않았다. 그 대신 나를 뚫어 져라 바라보고 있었다. 그의 눈썹 한 올 한 올에서도 빛이 났다.

– 나도 두려워. 끝내 이곳을 빠져나가지 못하면 어쩌나 하고. 그래도 난 아직 오아시스의 물 냄새를 기억해. 분명히 내 오 아시스를 찾을 수 있어. 이곳이 사막이라고 상상하면서 기다 릴 거야.

낙타가 내게 그렇게 말하고 있었다.

모래 바닥을 흥건히 적실 만큼 울며 사라진 낙타가 떠올랐다. 내가 낙타를 위로해야 했다.

"물 냄새를 맡는 한 너는 낙타야. 언젠가 오아시스를 찾을 수 있을 거야."

나는 확신에 찬 목소리로 말해 주었다. 특별한 낙타라면 반드 시 해낼 수 있을 것 같았다. 어쩌면 내게 하는 말이기도 했다. 낙 타가 내 마음을 읽기나 한 듯 흐흡 흐흡 소리를 내며 고개를 치켜 들었다.

나도 특별한 낙타처럼 꿈꾸고 싶었다. 스스로 무언가를 해 본 적도 꿈도 없지만 지금부터 오롯이 나를 찾아내고 싶었다. 낙타처 럼 당당해지고 싶은 마음이 스멀스멀 내 안에서 밀려 나왔다.

나도 낙타가 있다

오아시스로 나를 안내할 낙타가 천천히 내게 걸어왔다.
낙타가 있는 한 거친 사막도 두렵지 않을 것 같았다.

동물원을 나왔다. 뭔지 모를 용기와 자신감에 발걸음이 가벼웠다.

목이 말라 동물원 앞 가게에 들렀다. 냉장고에서 음료수 한 병을 들고 나오려는데 선물 코너가 보였다. 선반 위에 귀여운 동물 인형들이 진열되어 있었다. 진열장을 들여다보다 안쪽에 있는 작은 낙타 인형을 발견했다.

쓰러져 있는 나무 인형을 살짝 집었다. 손안에 쏙 들어올 만큼 작았지만 먼지가 많아 손끝으로 잡고 계산대로 갔다.

"이거 얼마예요?"

낙타를 내밀며 주인아주머니께 물었다.

"어머, 구석에 있던 걸 잘도 찾았네."

주인아주머니가 웃으며 가격표를 확인했다.

계산을 마치자 아주머니는 부드러운 천으로 낙타를 닦았다.

낙타 몸은 목욕을 마친 듯 빛이 났다.

아주머니가 포장지를 꺼냈다.

"그냥 주세요."

나는 낙타 인형을 손에 들고 가게를 나왔다. 볼수록 마음에 들었다. 봉긋하게 솟아오른 등도 아기 낙타와 잘 어울렸다.

"안녕, 아기 낙타야."

내 인사에 아기 낙타도 기분 좋은지 웃고 있었다.

한낮의 해가 뜨거웠다.

버스에서 내리는데 진아 패거리가 보였다. 정류장 벽에 비스듬히 기댄 채 저희들끼리 쑥덕대고 있었다. 진아는 보이지 않았다. 진아가 없는 진아 패거리의 모습이 어색했다.

"혼자서 잘 다니시네."

나를 보자 패거리 중 한 명이 말을 건넸다. 내게 오라는 손짓을 했지만 무시했다.

"쟤 좀 봐. 너, 아까 진아가 너한테 몇 번이나 전화했는데 안 받았다며? 나중에 어떻게 하려고 그래?"

그 애는 큰 소리로 말하더니 패거리들과 함께 우르르 버스에 올랐다. 상관없는 일이다. 휴대 전화를 갖고 나오지도 않았지만 전화기가 있었다 해도 나는 받지 않았을 거다.

엄마에게 다녀왔다고 인사를 했다. 나를 기다리고 있던 엄마는 낯선 사람 보듯 나를 보았다. 내 표정이 전과 달라 보였을지도 모르겠다. 아니면 엄마는 지금 나를 다시 재단할 계획을 세우고 있는지도 모른다. 그것 역시 나와 상관없는 일이다.

방으로 올라왔다. 다행히 엄마는 내 뒤에 대고 아무 말도 하지 않았다. 엄마가 어떤 생각을 하는지는 나중에 알게 되겠지. 미리 예측하고 힘들어하지 않기로 했다. 방에 들어오자마자 책상 위에 있는 낙타 옆에 아기 낙타를 올려놓았다.

"아기를 데려왔어. 둘이 잘 어울린다."

나는 어미 낙타의 빈 등을 손바닥으로 살며시 쓸어 주었다. 그동안 홀로 무거운 짐을 지면서 받았을 마음의 상처를 싹 쓸어 주고 싶었다.

"그땐 아무것도 몰랐어. 이 등에 무엇이든 올려놓는 건 줄만 알았지."

낙타 인형은 여전히 고개를 치켜들고 있었다.

"너와 아기 낙타를 위해서 물 냄새를 찾는 거지? 정말 멋있어."

나는 의젓한 목소리로 어미 낙타를 칭찬했다.

아기 낙타는 여전히 싱글벙글했다. 엄마가 가는 길은 옳은 길이 분명하다는 걸 알고 있는 것 같았다.

갑자기 우울해졌다.

"우리 엄마는 나를 위해 무엇을 찾고 있을까? 엄마가 찾으려는 오아시스는 정말 나를 위한 곳일까? 엄마가 오아시스라고 믿는 것이 한낱 신기루이면 어쩌지?"

중얼거리는 나를 보고 아기 낙타가 또 웃었다.

내가 슬퍼 보였는지 어미 낙타가 측은한 듯 나를 보았다.

"걱정 마, 내 오아시스는 내가 찾을 거야!"

나는 보란 듯이 낙타들에게 중얼거렸다.

문밖에서 엄마가 문을 두드렸다. 시계를 보았다. 저녁 식사 시간이었다.

방문을 열었다. 웬일인지 엄마가 식사가 차려진 쟁반을 들고 있었다. 엄마는 쟁반을 내게 내밀었다.

"아줌마는 어디 가셨어요?"

내 물음에 엄마가 고개를 저었다.

"내가 직접 들고 오고 싶어서. 네 얼굴도 좀 더 보고. 어디 다친데는 없니? 이것 봐. 얼굴이 이게 뭐니?"

엄마는 안타까운 듯 내 얼굴을 들여다보았다. 낯선 얼굴에 낯선 목소리였다. 얼굴을 마주하기 어색했다. 한 가지만 생각하기로 했다. 어쨌든 나를 어떻게든 챙겨 주려고 애쓰는 사람이니까. 나 때문에 그렇게 집요해질 수 있었으니까.

힘든 순간은 낙타처럼 꿈꾸기로 했다. 지금의 엄마 아빠를 내가 상상한 최고의 엄마 아빠라고 믿어 주기로 했다. 묵묵히 기다리면서. 그래야 그들로부터 자유로워질 수 있을 것 같았다. 아직은 울타리를 벗어날 수 없으니까. 나는 이제 아무 생각도 할 수 없는 예전의 수리가 아니고 싶었다.

　"나가서 같이 먹을게요."

　방에만 있던 내가 나가겠다고 하자 엄마는 놀란 듯 내 얼굴을 빤히 보았다. 절대로 질 것 같지 않던 엄마 얼굴이 조금은 누그러져 있었다. 이유를 알고 싶지 않았다.

　"아, 잠깐만요. 곧 갈게요."

　엄마를 따라가려다 말고 나는 몸을 돌려 방으로 갔다. 한동안 꺼 두었던 휴대 전화의 배터리가 방전된 걸 확인했다. 충전기에 휴대 전화를 연결했다. 엄마는 나를 한시도 벗어나기 싫은 듯 초조한 얼굴로 방문 앞에서 기다렸다. 내가 방을 나가자 엄마가 쟁반을 들고 종종걸음으로 내 뒤를 따라왔다.

　"이리 주세요."

　내가 엄마를 돌아보며 팔을 뻗었다.

　"내가 들고 갈 거야. 네가 어떻게 이걸 들고 간다고."

　엄마는 내가 아직도 아기인 줄 알고 있나 보다. 나는 엄마가 하고 싶은 대로 두었다.

"이제 괜찮아진 거야? 후유, 얼마나 걱정을 했는지."

식탁 앞에서 엄마는 종잡을 수 없는 표정이었다.

"식구들과 담을 쌓고 살더니. 그래도 이렇게 나와서 안심이다. 이젠 정말 엄마 말 들을 거지? 엄만 너밖에 없어."

엄마가 내 손을 잡고 슬그머니 아빠 얼굴을 보았다. 아빠는 아무 표정 없이 숟가락을 들었다.

"엄마, 저 여기서 잘해 볼 게요. 저도 좀 단단해져야 할 것 같아요. 유학은 언젠가 꼭 가야 할 때가 온다면 그때 갈게요."

내 말이 당돌하게 들렸는지 엄마 아빠는 한참 동안 서로 마주 보았다.

"그것 봐. 수리를 믿어 봐. 굳이 유학 보내려 애쓸 필요 없다니까. 여기서 잘하겠다고 하니 수리 말을 들어주자고."

아빠가 내 편을 들었다. 아침에 폭풍처럼 소리치던 아빠 목소리는 다시 차분해져 있었다. 엄마는 아무 말 없이 수저를 들어 내게 주었다. 왠지 한풀 꺾인 느낌이 들었다.

한참 침묵이 흘렀다.

"성급한 결정은 하지 않을래. 수리에게 어떤 것이 좋은 건지 천천히 다시 생각해 볼 거야."

엄마가 겨우 침묵을 깼다.

엄마를 바라보았다. 눈이 마주치자 엄마는 들릴 듯 말 듯 한숨을 쉬었다. 다시 침묵이 이어졌다.

방에서 내 휴대 전화 벨 소리가 들렸다. 곧장 방으로 들어가 휴대 전화를 들었다. 휴대 전화에서 '진드기2'란 글씨가 계속 움직이고 있었다. 진아였다.

기분이 나빠 휴대 전화를 침대 위로 툭 던졌다. 방을 나오려다 다시 휴대 전화를 들고 부재중 전화를 확인했다.

– 진드기2, 새나, 엄마, 새나, 진드기2, 엄마, 새나, 아빠, 엄마, 엄마, 엄마, 아빠 …… 진드기2

마노 다음으로 내겐 진드기같이 기분 나쁜 벌레 진아! 생각만 해도 짜증이 났다. 아까 정류장에서 패거리들이 진아가 여러 번 내게 전화를 했다더니 정말 열심히도 찾았네.

'그런데 새나는?'

새나의 웃는 모습이 떠올랐다.

저녁을 먹고 새나에게 전화를 걸었다. 새나가 반갑게 전화를 받았다.

"어디 갔었어? 아직도 사막에 있어? 어서 벗어나야 하는데!"

새나 목소리를 들으니 금세 기분이 좋아졌다.

"나 뉴스가 있어. 몽골에 가기로 했어!"

새나는 잔뜩 들떠 있었다.

"몽골?"

수업 시간에 들어 알고 있는 지역이었지만 여행지로서는 낯선 이름이었다.

"공정 여행이라고 들어 봤어? 사막 살리기 프로젝트래. 환경 운동하는 분들하고 같이 가는 건데 정말 기대돼. 전에 심은 풀과 나무가 잘 자라는지 확인하고 새로 나무도 심으러 갈 거야. 오래 전부터 거기 꼭 가고 싶었거든. 맞다, 그곳 낙타는 호주 낙타하고 생긴 게 다르대."

"쌍봉낙타 말하는 거지? 혹이 두 개인 낙타."

"어머, 어떻게 알았어?"

새나는 내 말에 놀란 듯 물었다.

"인터넷에서 봤어."

"맞아, 쌍봉낙타. 혹이 두 개라는 뜻이잖아. 정말 신기하지 않니? 혹이 두 개나 있다니!"

"나도 가고 싶다."

내가 부러운 듯 말했다.

"너도 같이 가면 좋겠다. 너랑 같이 가면 좋아서 잠도 못 잘 거야. 그런데 이번엔 너 혼자는 절대 안 돼. 너희 엄마가 또 우리 엄마한테 전화하면 어떡해. 엄마나 아빠랑 같이 가면 괜찮을 텐데. 너희 엄마 아빠한테 부탁해 볼래? 나도 엄마한테 말해 볼게. 가자 수리야. 같이 가자."

새나는 졸라 대듯 말했다. 나는 엄마 아빠한테 말해 보겠다며 전화를 끊었다. 어차피 여행 계획이 틀어져 아빠도 휴가를 미룬 상태였다. 새나가 가는 몽골 공정 여행을 너무 가고 싶었다. 습지 여행에서 본 것처럼 또 다른 세상을 내게 보여 줄 것 같았다.

조심스럽게 엄마 아빠에게 이야기를 꺼냈다.

"사막에 나무가 자라게 하는 사업이래요. 마을도 살리고요. 가게 해 주세요. 나만이 아니라 여럿을 위한 일이잖아요."

아빠는 고개를 끄덕였다.

"그래, 이번 여행은 수리가 가고 싶다는 곳으로 가자. 나도 꼭 한번 가 보고 싶었던 곳이니까."

"그런 데를 뭐 하러 가? 사서 고생할 게 뻔한데."

아빠의 말에 엄마가 톡 쏘았다.

"저 정말 가고 싶어요. 아빠도 가 보고 싶다고 하잖아요."

애원하듯 말하자 엄마가 걱정스러운 얼굴로 나를 보았다. 아무리 생각해도 엄마는 그런 힘든 여행을 하고 싶지 않은 표정이었다.

"엄마, 전 생각만 해도 신나요. 그곳이 어떤 세상인지 궁금해요. 엄마도 가 보지 못한 곳이잖아요."

엄마는 한참을 망설였다.

"그런데…… 새나 엄마가 문제야. 나랑 같이 가고 싶어 하겠니?

아무리 생각해도 그 집하고 같이 가는 건 어렵겠어. 꼭 사막에 가고 싶다면 우리끼리 가자. 편하고 더 재미있게 말이야."

아무래도 엄마는 끝까지 자존심을 버리지 못할 것 같았다.

"이번 기회에 가서 지난번 일도 사과하고, 여행 계획도 들어 보고 오지 그래?"

아빠가 말했다.

엄마는 새나 엄마에게 퍼부은 말이 떠올랐는지 후유 하고 숨을 몰아쉬었다. 나는 간절한 눈으로 엄마를 보았다. 눈이 마주치자 엄마는 또 한 번 한숨을 쉬었다.

"그래, 한번 만나 보지 뭐."

드디어 엄마가 용기를 냈다.

며칠 뒤, 엄마와 새나네 집으로 향했다.

아파트 계단을 올라가며 엄마는 당당해지려고 몹시 애를 쓰는 모습이었다. 현관문이 열리고 인사를 하던 새나 엄마가 고개를 갸우뚱했다. 그러고는 다시 엄마 얼굴을 빤히 들여다보았다.

엄마는 지난번 일 때문에 그러는 거라고 여겼는지 살짝 인상을 썼다. 내가 엄마를 슬그머니 건드렸다. 그러자 엄마는 새나 엄마를 보고 다시 고개를 숙였다.

"그때는 정말 죄송했어요."

엄마답지 않은 인사였지만 나는 좋았다. 당황한 건 오히려 새나 엄마였다.

"아니, 그게 아니고 고등학교 때 친구랑 비슷해서요."

"네?"

엄마는 고개를 들고 새나 엄마를 자세히 보았다. 엄마 눈이 동그래졌다.

"혹시…… 지영이?"

엄마가 조심스럽게 묻자 새나 엄마가 엄마 어깨를 탁 치며 수선스레 소리쳤다.

"그래, 맞아. 현지야! 웬일이니? 수리 엄마가 너였어?"

새나 엄마가 갑자기 섭섭한 얼굴을 했다.

"미안해. 넌 줄 알았으면 그렇게 했겠어? 호주에서 산다는 말은 들었지만 이렇게 돌아온 줄 내가 어떻게 알았겠어."

엄마는 미안해서 어쩔 줄 몰랐다.

"누구한테든 그러면 안 되지."

새나 엄마가 장난스럽게 엄마 어깨를 흔들었다. 엄마가 부끄러운 듯 웃었다. 새나 엄마는 엄마의 손을 꼭 잡고 우리를 현관 안으로 끌었다.

새나와 나는 신기한 듯 두 사람을 바라보았다.

"이게 무슨 일이니? 무슨 인연이 이래!"

엄마가 투정을 부리듯 말했다.

"또 생각나네. 너 그때 전화 때문에 내가 얼마나 당황스러웠는지 알아? 왜 그랬어. 나한테."

장난처럼 말했지만 자꾸 지난 이야기를 하는 걸 보면 아무래도 그날 새나 엄마가 몹시 충격을 받은 게 확실했다.

"미안해. 정말 아무것도 모르고 그랬어. 미안. 정말 미안해."

엄마는 난처한 얼굴로 새나 엄마를 꼭 껴안았다.

"알았어. 이제 그만할게."

완전히 화해를 했는지 두 사람이 무릎을 맞대고 수다를 떨기 시작했다. 그 모습이 우스워 새나와 나는 쿡쿡 터져 나오는 웃음을 참았다.

수치스러운 행동이 이렇게 쉽게 용서를 빌고 용서가 된다는 건 신기한 일이다. 친구이기 때문에 가능한 거라고 생각했다. 새나와 눈이 마주쳤다. 나를 보고 활짝 웃어 주는 새나라면 어떤 일이고 헤쳐 나갈 힘을 줄 것 같았다.

우리 가족은 새나네 몽골 여행에 동참하기로 했다. 새로운 곳에, 풀과 나무가 자라기 어려운 땅에 나무를 심고 심은 나무가 잘 자랄 때까지 보살펴 주러 가는 거다. 내가 심은 나무가 맑은 공기가 되어 날아온다고 생각하니 어쩐지 좀 신이 났다.

그곳에 가면 엄마는 어떤 생각을 할까? 혹시 힘들다고 뒤로 물러나는 건 아닐까? 제발 엄마가 우리 옆을 끝까지 지켜 주면 좋겠다.

내 나무 옆에 엄마와 아빠, 그리고 새나의 나무까지 나란히 심긴 모습을 상상했다. 오랜 시간이 지나 숲이 된 그 벌판에 물이 고이고 샘이 만들어지면 바로 그곳이 오아시스다. 그곳으로 몽골의 쌍봉낙타 가족이 먼 길을 달려와 목을 축이겠지. 행복한 생각을 하다 보니 저절로 눈이 감겼다.

낙타 한 마리가 달려왔다. 낙타는 내가 심은 나무 그늘에서 물을 마셨다. 꿈속에서 나와 함께 오아시스를 찾아 나선 '특별한 낙타'였다.

울면서 모래 속으로 사라졌던 낙타의 등이 산처럼 두둥실 솟았다. 물을 마시던 낙타가 나를 보고 살짝 미소를 지었다. 진아에게 맞섰던 나를 보고 새나가 내게 보냈던 그 미소였다. 가슴이 두근거렸다.

"잘할 수 있어. 난 이제 진짜 수리거든."

잠결인데도 내가 말하는 소리가 들리는 듯했다.

비행기가 공항을 이륙하기 위해 빠른 속도로 달렸다. 나는 좌

석 팔걸이를 힘껏 잡고 눈을 꼭 감았다. 옆에서 새나가 내 손을 잡아 주었다.

몸이 붕 뜬 것 같고 귀가 먹먹해졌다. 울상을 짓는 내게 새나가 침을 삼켜 보라고 했다. 나는 목이 아프도록 침을 삼켰다.

창문 너머로 바다가 보였다. 비행기는 섬들을 한 겹 한 겹 밀어내며 하늘 높이 올라갔다. 나를 둘러싸고 있던 울타리들도 함께 사라지고 있었다. 눈 아래 긴 해안선이 보였다. 또 다른 육지였다.

"이제 곧 몽골이겠다."

내가 소리쳤다.

"모니터가 이제 중국 땅에 들어선 거라고 표시하잖아. 아직도 한참 더 가야 해. 근데 수리야. 너 사막이 왜 멋진 줄 알아?"

새나가 느닷없이 물었다.

"왜?"

내가 물었다.

"그건 오아시스가 있기 때문이래."

새나가 확신하듯 말했다.

"글쎄. 난 좀 달라."

내가 고개를 갸웃거리자 새나가 놀란 눈으로 나를 보았다.

"사막이 멋진 건 오아시스가 아니라 낙타가 있기 때문이야."

나는 자못 진지한 얼굴로 말했다.

"정말? 누가 그래?"

호기심이 발동한 새나가 따지고 들었다.

"내가."

나는 얼굴을 살짝 붉히며 말했다.

"생각해 보니 그러네. 아무리 생각해도 넌 정말 철학자 같다니까."

새나가 해맑은 표정으로 웃었다.

나는 주머니 안에서 아기 낙타를 꺼냈다. 손바닥 안에서 행복하게 웃는 낙타를 보자 새나가 귀엽다며 어루만졌다.

나는 방에서 나를 기다리고 있을 어미 낙타를 생각했다. 어렸을 적부터 지금까지 나를 말없이 지켜본 낙타였다. 낙타에게 또다른 내 모습을 보여 주고 싶었다.

"내게 용기를 줘."

나는 눈을 감고 천천히 숨을 들이마셨다.

"뭐 하는 거야? 또 무서워?"

새나가 나를 툭 쳤다.

"내 오아시스를 찾고 있어. 물 냄새가 나는 것 같아서."

내가 나직한 목소리로 말했다.

"무슨 말이야?"

새나가 궁금해 못 견디겠다는 듯 내 얼굴에 제 얼굴을 바싹 대고 물었다.

"나도 낙타가 있거든. 그러니까 곧 오아시스를 찾을 수 있어."

새나가 어리둥절한 눈으로 나를 보았다.

나는 새나에게 눈을 찡끗했다. 새나는 뭔가 알아챘는지 미소를 지으며 내 어깨를 톡 쳤다.

나는 의자 등받이에 몸을 기대고 눈을 감았다. 오아시스로 나를 안내할 낙타가 천천히 내게 걸어왔다. 가슴속으로 들어온 낙타가 점점 커졌다. 낙타가 내게 고삐를 던져 주었다. 낙타가 있는 한 거친 사막도 두렵지 않을 것 같았다.

동물원에 있을 특별한 낙타가 떠올랐다. 지금도 고개를 쳐들고 물 냄새를 기억하려 애쓰고 있을 게 틀림없다. 특별한 낙타보다 내가 먼저 오아시스를 찾게 될 것 같아 미안했다.

나도 낙타가 있다

초판 1쇄 발행 2018년 09월 12일
초판 6쇄 발행 2022년 02월 03일

지은이 문정옥

편집장 천미진 | **편집** 임수현, 최지우, 김현희
디자인 한지혜, 이지현 | **마케팅** 한소정 | **경영지원** 한지영

펴낸이 한혁수
펴낸곳 도서출판 다림
등 록 1997. 8. 1. 제1-2209호
주 소 07228 서울시 영등포구 영신로 220 KnK 디지털타워 1102호
전 화 02-538-2913 | **팩 스** 070-4275-1693
블로그 blog.naver.com/darimbooks
다림 카페 cafe.naver.com/darimbooks
전자 우편 darimbooks@hanmail.net

ⓒ 문정옥 2018

ISBN 978-89-6177-175-7 43810

이 도서의 국립중앙도서관 출판예정도서목록(CIP)은 서지정보유통지원시스템 홈페이지(http://seoji.nl.go.kr)와
국가자료종합목록시스템(http://www.nl.go.kr/kolisnet)에서 이용하실 수 있습니다. (CIP제어번호 : CIP2018028533)